회귀로

영웅독절

회귀로 영웅독점 **15**

초판 1쇄 인쇄일 2022년 01월 17일 | **초판 1쇄 발행일** 2022년 01월 26일

지은이 칼텍스 | **펴낸이** 곽동현 | **담당편집 팀장** 이범수
편집부 정요한 최훈영 조혜진

펴낸곳 (주)조은세상 | **출판등록** 제2002-23호
주소 서울특별시 동작구 동작대로1길 27 5층
TEL 02)587-2966 | FAX 02)587-2922
E-mail bukdu@comics21c.co.kr

칼텍스ⓒ2022
ISBN 979-11-391-0474-5 | ISBN 979-11-6591-494-3(set)
값 8,000원

칼텍스 퓨전 판타지 장편소설

회귀로

영웅들의 정

15

북두
(주)좋은세상

칼텍스 퓨전판타지 장편소설

FUSION FANTASY STORY

CONTENTS

Chapter 102.

왕국의 어느 산 꼭대기.

신유철과 이강진은 서로를 노려보며 신경전을 펼치고 있었다.

"오늘로 끝장을 보자."

"좋다. 아주 박살을 내 주지."

"근데 너 왜 반말이냐?"

"이제 왕도 아니잖아. 반말 좀 하자. 동기잖냐."

"오, 그래? 그렇게 막 나가자는 거지?"

신유철은 비징하게 목검을 뽑아 들었다.

"가라, 계왕(鷄王)."

"죽여 버려! 흑계(黑鷄)."

"꼬꼬!"

두 닭이 양발을 들어 올리며 부딪쳤다.

닭싸움이었다.

허운은 그런 두 사람을 한심하게 바라보며 점심으로 먹을 탕국을 끓였다.

"그거 손질하게 가져와 줄 수 없습니까? 내가 그거 가지러 산 밑까지 다녀온 거 잊었소?"

그러자 신유철이 진지하게 말했다.

"기다려 봐. 이긴 놈은 살려 주기로 했으니까."

"그리고 진 쪽은 밥이 없지."

"이런 우라질. 전하는 약 먹어야 해서 식사를 거르면 안 된다니까 대체 뭘 들은 겁니까?"

"그럼 고기를 안 먹는 거로 하지."

"좋네. 패자는 뼈나 빨자고."

저 미친놈들.

어떻게 나이를 먹어서도 철이 안 들까.

허운이 그렇게 고개를 절레절레 흔들 때 승부가 났다.

"안 돼! 흑계!"

이강진의 패배였다.

신유철은 의기양양하게 계왕을 안으며 웃었다.

"크하하, 강진아. 내가 왕으로 지낸 시간이 얼마나 되는데 너한테 인재 보는 눈으로 지겠느냐? 넌 고기 먹지 마라."

"무슨 개똥 같은 놈들만 고용해 놓고 자랑질은……."

"뭐 인마?"

"아닙니다. 많이 잡수세요. 아주 배 터지게 먹으십시오."

"안 그래도 그럴 거다, 이놈아. 허운아, 저 닭 잡아라."

허운은 이강진에게서 닭을 강탈했다.

"크윽, 이 치욕 잊지 않으마. 흑계!"

저 인간이 이 나라 무사들의 정점이라는 게 아직도 믿기지
않는다.

'그나저나……'

허운은 닭의 목을 내려치며 선왕을 돌아봤다.

유쾌함으로 포장하고 있었으나 그의 상태는 점점 나빠지
고 있었다.

일부러 탁기(濁氣)가 전혀 없는 성산(聖山)까지 왔음에도
점점 운명의 시간이 가까워져 오고 있다.

'그래도 할 수 있는 데까지는 해 봐야지.'

약선은 홀쭉해진 약 꾸러미를 돌아봤다.

'약도 얼마 남지 않았군.'

슬슬 약을 더 챙겨 와야 할 시점이었다.

그렇게 삼계탕을 끓여 대접한 약선은 헝겊에 손을 닦으며
말했다.

"잠시 양천에 좀 다녀오겠습니다."

그러자 신유철과 이강진이 동시에 허운을 바라봤다.

어미가 나갔다 온다는 소리를 들은 어린아이와 같은 눈빛이다.

"그럼 우리 밥은 어떡하라는 거냐?"

"이 양반들아. 내가 누구 밥해 줄 군번입니까? 약재가 다떨어져서 슬슬 다녀와야 하니까 좀 알아서 해 먹고 계셔."

그러자 신유철이 진지하게 말했다.

"강진이 음식은 돼지도 안 먹는 걸 알지 않느냐? 앞으로 남은 인생도 짧은데 돼지 밥을 먹으며 살아야 하는 것이냐?"

"거 말이 너무 심한 거 아니요? 나름 현역 시절에는 내가 해준 밥을 먹고 눈물을 흘리던 부하 놈들도 있었습니다."

"너무 맛이 없어서 그랬겠지."

"그만들 좀 하면 안 됩니까?"

골치가 아프다는 듯 관자놀이를 짚는 허운.

그나마 다행이라면 이렇게 될 줄 알고 미리 말을 해 놓았다는 것이다.

"마을에 의원이 하나 있습니다. 강진 형님이 가서 데리고 올라오면 며칠은 날 대신할 겁니다. 금방 다녀오죠. 보름이면 충분할 거요."

"열흘 주마. 다녀오도록."

허운은 혀를 찼다.

"하아, 알겠습니다."

언제나 사람 쓰는 게 험한 사람이다.

"우라질, 발에 땀 나게 달려야겠네."

그렇게 허운은 양천으로 향했다.

전쟁을 준비해야 한다.

"빨리 움직여! 우린 신평을 지나 해남으로 간다!"

백성엽 대장군의 직속 부대가 움직이기 시작했다. 신평과 해남에서 나찰과 마수들의 움직임이 포착되었다.

몇몇 마을이 절멸했고 도시를 침공하는 일도 있다고 한다.

'무엇보다⋯⋯.'

마물들이 죽어 나가고 있다.

이는 결코 좋은 일이 아니다.

마물이 있는 지역에는 마수들이 들끓어 마경(魔境)이 되기도 하지만 웬만하면 영역 안에서 벗어나지 않는 특성상 인간과 공존을 할 수 있었다.

그래서 인간들은 굳이 마물을 토벌하려 하지 않았다.

조금의 귀찮음은 있더라도 전쟁을 벌이는 것보다는 나으니까.

그런데 그런 마물들이 죽고 그들이 통제하던 마수들이 날 뛰기 시작했다.

'나찰의 짓이겠지.'

나찰이 협력하지 않는 마물들을 다 죽이고 있다.

'하지만 일단은······.'

양천이다.

'생각해 보니 회귀 전에도 그랬었어. 양천이 가장 먼저 공격당했었지.'

물론 양천만 공격당한 건 아니었지만 왕국 최고 의술가(醫術家)의 몰락치고는 굉장히 빨랐다.

그때야 급박한 상황 탓에 깊게 생각할 겨를이 없었지만, 돌이켜 보면 답은 빠르게 나왔다.

아마 당시에도 상당히 공을 들여 공격했었겠지.

'나도 준비하자.'

백성엽 대장군은 해남과 신평을 지원해야 하니 양천은 내 몫이었다.

그리고 내가 움직일 수 있는 것은 광명대와 청신의 철혈대뿐.

'광명대부터 확인해 봐야겠네.'

내가 떠나 있던 기간 동안 과연 얼마나 성장했을까?

'아니야. 기대하지 말자. 아무리 그래도 두 달 만에 정예는 무리겠지.'

내가 만족할 만한 수준에 이르기에는 시간이 너무나도 부족했다.

'최악의 경우 이번 일은 철혈대로만 어떻게 해야 할 수도

14 15

있어.'

그렇게 생각하며 문을 여는 순간.

불쾌한 땀 냄새가 바람을 타고 나에게로 불어왔다.

"우오오오오!"

격렬한 싸움.

살기 가득한 눈빛은 마치 백전을 치른 정예와 같았다.

그렇게 멍하니 싸움을 바라보고 있을 때 스승님이 나를 발견하고는 외쳤다.

"광명대장님께서 돌아오셨다!"

명령이 떨어지기가 무섭게 싸우던 무사들이 나를 향해 시선을 돌렸다.

이윽고 정해진 자리로 돌아가 오와 열을 맞춘 무사들이 동시에 포권을 취하며 외쳤다.

"존명!"

이글거리는 눈빛에는 광기마저 서려 있다.

부대 지휘관이 아니라 무슨 교주라도 된 것만 같은 느낌이었다.

노대체 두 달 동안 무슨 일이 있었던 건지 감도 오지 않는다.

"아, 그래. 수고한다."

무사들은 바로 열중쉬어 자세로 바뀌며 그대로 서 있었다.

나는 마중 나오는 스승님에게 말했다.

"이거 도대체 어떻게 된 겁니까? 다들 실력 있는 무사긴 했지만 무슨 광신도를 만들어 놓았네요."

"일단 규율부터 가르쳤지."

"그러니까 어떻게요?"

"무사들은 다루기가 쉽다네. 특히나 뛰어난 무사일수록 쉽지. 자존심을 살살 긁고 경쟁을 붙이면 분위기에 휩쓸리기 마련이거든."

저 방법을 나한테도 썼었지.

'똥개도 너보다는 더 빨리 배우겠다.'

'나 같으면 쪽팔려서 잠도 안 올 거 같은데. 왜? 그렇게 처자고 싶으면 그냥 죽지 그러냐?'

이런 식으로 말이다.

문제는 내가 뛰어난 무사가 아니라서 좌절감에 빠졌을 뿐이었지만.

그 이후로 스승님은 작은 일에도 칭찬해 주는 것으로 방법을 바꿔 나를 조련했다.

'별로 좋은 기억은 아니네.'

그렇게 과거를 회상하던 나는 무사들을 돌아보며 말했다.

"그런데 100명 정도밖에 안 되는 거 같네요. 저는 500명을 뽑았는데요."

"나머지 400명은 탈락해서 육도궁님과 지옥 훈련 중이지."

"그럼 지금은 이 100명이 가장 뛰어나단 소리군요."

그럼 좀 아쉽다.

몇몇은 절정 고수의 반열에 들어간 것 같았으나 아직 전반적으로는 힘이 약하다.

규율은 잘 잡혔지만 내가 원하는 건 자살 특공대가 아니다.

그때 내 눈을 사로잡은 한 사람이 있었다.

"잠시만 실례하겠습니다."

나는 딱 봐도 앳된 여자에게로 다가갔다.

내 기억이 맞다면 이 여자는 분명……

"이름이 뭐지?"

"소녀 진씨 가문의 유화(柳花)라고 합니다."

진유화.

"성무학관 출신인가?"

"네! 맞습니다."

아는 얼굴이다.

과거 성무학관의 수석으로 졸업한 옥석 중 하나. 순진하게 생긴 얼굴에 작은 키. 맑은 눈동자를 가진 어여쁜 소녀였으나 그녀의 정체는……

'광인(狂人) 진유화.'

자극에 미쳐 버린 여자.

다른 말로 왕국 최악의 변태라고도 불렸다.

하지만 악인은 아니었다.

미쳤다고 하더라도 남을 괴롭히는 데에서 오는 자극을 바라는 건 아니었으니까.

진유화가 바라는 자극은 딱 하나.

바로 전장에서만 느낄 수 있는 전율이었다.

생사를 오가는 사지에서만 느낄 수 있는 흥분과 설렘만이 그녀가 살아가는 이유다.

"……광명대 생활은 마음에 드나?"

"너무나도 행복해 미칠 거 같습니다!"

그녀는 장에 처음 나온 아이처럼 환하게 웃고 있었다.

그런 진유화의 외침에 다른 무사들이 표정을 굳히며 고개를 흔들었다.

이미 그녀가 변태라는 걸 모두가 아는 모양이다.

"좋아. 시간이 없으니 바로 말하겠다. 나찰과의 전쟁이 시작되었다."

"좋았어!"

무사들이 흥분해 외치는 진유화를 바라봤다.

그녀는 머쓱하게 머리를 긁적이고는 말했다.

"하하하, 죄송합니다. 제가 눈치가 없어서."

눈치는 없어도 좋다.

어차피 앞으로 진유화가 해야 할 일은 눈치가 필요 없거든.

"그러니 마지막까지 살아남은 100인에게 명한다. 너희는 지금부터 광명 1대로 내 직속 부대가 된다."

"오오!"

이번에는 반응이 좋다.

하긴, 내 직속 부대가 되면 출세는 보장된다고 생각하겠지.

하지만 이것도 알아야 한다.

큰 힘에는 큰 책임도 따른다는 것을.

"그리고 너희들은 지금부터 극양신공(極陽神功)을 익힌다."

양기 폭주를 사용하는 법은 이미 모든 무사가 훈련하고 있었다.

그러나 극양신공(極陽神功)은 다르다.

다른 양기 폭주가 촛불과 같다면 극양신공은 겁화(劫火)와 같다.

"이를 익히면 너희들은 차원이 다를 정도로 강해질 수 있다. 하지만 사용할 때마다 너희들의 수명 또한 극단적으로 줄어들 것이다."

나는 장수했다.

엄청난 고수도 아니면서 180년을 살았고 나찰의 손에 죽지 않았다면 200번째 생일도 맞이할 수 있었겠지.

존순과 함께하는 쓸쓸한 생일이었겠지만.

그런 나조차 이번 생에는 몇 년을 살 수 있을지 모른다.

좋다는 영약은 나 먹고, 직오의 심장까지 섭취했으면서도 전처럼 시간이 많지 않다는 것이 느껴졌다.

그러니 이들에게도 경고해 줘야 한다.

극양신공의 위험성을.

나는 내공을 담아 무겁게 말했다.

"……그래도 배우겠느냐?"

나의 말에 진유화가 입을 찢으며 미소를 지었다. 그리고는 모든 무사들이 한목소리로 외쳤다.

"배우겠습니다!"

결의에 찬 목소리.

무사라면 한 번쯤 구국의 영웅이 되기를 꿈꾼다. 이를 마다할 정도의 무사라면 광명대에 들어올 수도 없었겠지.

'그래, 진짜 영웅은 죽어서 완성되는 법이니.'

나는 죽음의 길을 나아갈 백 인의 무사들을 씁쓸하게 바라봤다.

"좋다. 너희들은 지금부터 광명 1대, 시광대(始光隊)다."

첫 번째 빛.

그리고 빛의 화살이라는 뜻도 함께 가지고 있었다.

"모두 열심히 하도록."

그렇게 몸을 돌린 나는 스승님에게 말했다.

"훈련 교관님은 잠시 저 좀 보시죠."

"아, 네."

한결 스승님과 방으로 간 나는 극양신공의 비급을 그에게 건넸다.

"이걸 가르쳐 주십시오. 교관님이면 이해할 수 있을 겁니다."

"이거 자살 무공이네."

"맞습니다."

"계속 이걸 사용한 거야? 그러면 몸이 버티지를 못했을 텐데."

나는 미소로 대답을 대신했다.

어쩌겠냐?

그것이 내 운명인 걸.

"아, 그리고 상혁이한테는 절대 가르쳐 주지 마세요."

그 자식 내 극양신공을 엄청나게 탐내고 있었다.

아린이한테도 알려 준 걸 왜 자기한테는 안 알려 주냐며 말이다.

아린이야 균형을 잡으라고 가르쳐 준 거고 그놈은 알려 주자마자 지 몸을 전부 태워 싸울 게 뻔하다.

"그럼 앞으로 두 달 안에 나찰과 싸울 수 있는 부대를 만들어 주세요."

"두 달."

스승님은 비급을 챙기며 자신만만하게 말했다.

"이 나라 최정예를 만들어 주지."

스승님이라면 문제없이 해낼 것이다.

그렇다면 이제 남은 것은 하나다.

밖으로 나가자 지율이가 창을 안고 나를 기다리고 있다.

이래서 눈치 빠른 부하가 있으면 편하다.

"가서 철혈대를 소집해. 우린 양천으로 간다."

가 보자.

이 나라 의술의 중심지를 지키러.

광명대와 철혈대는 양천으로 가는 골목에서 합류했다.

철혈대의 이재민은 긴장한 얼굴로 침을 삼켰다.

김채아는 그런 이재민의 옆으로 가서 놀리기 시작했다.

"너답지 않게 긴장한 얼굴이다? 하긴, 네 실력에 나찰이랑 싸우기는 힘들겠지."

"나 엄청 강해졌다. 보면 깜짝 놀랄걸?"

왕자의 난이 벌어지기 전까지는 무려 무신에게 수련을 받았던 이재민이었다. 물론 떠올리기 싫을 정도로 끔찍한 경험이었지만 말이다. 하지만 그만큼 실력에는 자신이 있었다.

다만…….

"양천에는 별로 보고 싶지 않은 사람이 있어서 말이야."

"왜? 헤어진 전 여친이라도 있나?"

"그 정도면 다행이지."

이서하가 이재민에게 미리 귀띔을 해 주었다.

양천에는 금수란이 있다고.

그녀만 생각하면 지금도 오금이 저리다.

지금은 같은 편이 되었으니 무서워할 필요 없다고는 했지만 한번 각인된 공포는 쉽게 떨쳐 낼 수 없었다.

금수란의 사슬에 끌려가던 날을 떠올리던 이재민은 혀를 차며 역공을 가했다.

"그보다 광명대 막내 생활은 어떠냐?"

"응?"

김채아의 동공이 당황한 듯 떨렸다.

"······뭐, 괜찮아. 그냥 그래."

"그냥 그렇다는 거 보니까 괜찮은가 보네. 뭐, 지금쯤이면 너희 대장 실력을 알았을 테니까."

이재민은 의미심장하게 웃었다.

"너 이상형이 너보다 강한 남자였잖아. 그래서 진명 무사를 그렇게 좋아했던 거고. 너 설마 너희 대장한테 관심 있는 건······."

"엮지 마라."

김채아의 단호한 반응에 이재민은 씩 웃었다.

"하긴, 너 같은 노처녀가 넘볼 수 없는 남자지. 내 동생 서 하는 말이야."

"언제부터 우리 대장님이 네 동생이 되었냐?"

"날 구해 줬을 때부터?"

김채아는 앞서가는 이서하를 바라봤다.

"나이도 나이지만 경쟁자가 너무 강해서 포기."

"경쟁자가 약해도 닌 안 돼. 누가 자기보디 10살은 더 많은 여자랑······."

"안다고, 이 개자식아."

김채아는 이재민이 타고 있는 말의 엉덩이를 걷어찼다.

"야 이, 미친년아······!"

히이잉! 하는 소리와 함께 이재민의 말이 앞으로 달려 나
갔다.

다 자업자득이다.

그리고는 고개를 돌려 이서하를 바라봤다.

'저 인간은 다 알면서 진도를 나가지 않는 거 같고…….'

바로 옆에 유아린이 붙어 있다.

여자가 봐도 한눈에 반할 것만 같은 천상의 미모.

그런 여자가 온종일 옆에 붙어 미소를 지어 보이는 데도 꿈
쩍하지 않는다.

'설마 우리 대장님 고자인가?'

그럴 수도 있다.

세상에 완벽한 사람은 없으니 모든 것이 완벽해 보이는 대
장님에게도 흠 하나는 있지 않을까.

'아니, 진짜 고자는 저쪽인가?'

김채아는 시선을 한상혁과 박민주에게로 향했다.

"만변무신공에 따르면 경공에 있어 가장 중요한 것은 호흡
이라고 되어 있어. 호흡을 강하게 뱉어 내며 힘을 받는 것이
중요하다고 하지."

"우와! 정말로?"

"내가 호흡법을 알려 줄게. 따라 해 봐. 후! 하! 후! 하!"

저런 지루한 설명을 하루 종일 들으면서도 미소에 흐트러
짐이 없는 박민주였다.

저렇게라도 한상혁의 옆에 붙어 있고 싶은 것이겠지.

"쟤도 고생이다. 고생이야."

저런 게 진짜 사랑인가?

"막내님! 밥 차리자! 빨리 먹고 이동해야 하니까 서둘러!"

정이준.

호칭이 막내에서 막내님으로 올라갔다. 그래도 선배질 하는 건 그대로다.

그냥 원남의 거름이 되도록 놔둘 걸 그랬다.

"간다. 가!"

빨리 양천에나 도착했으면 좋겠다고 생각하는 김채아였다.

양천(楊川).

약선을 수도 없이 배출한 허씨 가문의 주도이며 이 나라 의술의 중심지.

'멀쩡한 양천은 처음 와 보는 건가?'

전쟁 중 처음으로 양천에 외 봤지만 그때는 이미 폐허가 된 뒤였다. 그러나 그때도 원형은 남아 있었다.

'꽤 큰 도시였지.'

선 국왕 전하의 친우이자 악선님의 고향이 아닌가.

모르긴 몰라도 4대 가문에 버금가는 거대한 도시일 것이다.

그렇게 양천의 성문 앞에 서자 한 남자가 뛰어나와 나를 맞이했다.

"먼 길 오시느라 고생하셨습니다, 광명대장님. 저는 양천의 부조(簿曹) 나장규라고 합니다."

"그래. 반갑다."

부조(簿曹).

창고 관리직이다.

곡물과 약재를 담당하는 관리인 만큼 말단은 아니었지만 나를 마중하러 나오기에는 좀 모자라지 않나 싶다.

이렇게만 말하니까 뭔가 갑질을 하는 것처럼 느껴지지만, 현 상황을 고려하면 지극히 당연한 일이다.

나는 엄밀히 나라의 재신(宰臣)이며 동시에 양천을 지키기 위해 국왕 전하의 명을 받고 온 장군이다.

게다가 양천의 가주인 약선님의 제자라는 것까지 생각한 다면 귀인도 이런 귀인이 없다.

가주 대리라도 발 벗고 나오는 게 정상이라는 말이다.

'딱히 문제 삼을 생각은 없지만……'

뭔가 느낌이 싸하다.

"안으로 모시겠습니다. 문을 열어라!"

성문이 열리자 잘 정돈된 도로와 함께 광장이 나타났다.

모인 사람들 모두 활기찬 모습이었으며 입고 있는 옷부터 격이 달랐다.

'깔끔하네. 고급지고.'

길옆으로 늘어선 집은 전부 검은 기와로 지어져 있어 고급스러운 느낌을 자아냈다.

이 나라에서도 가장 화려하다는 운성만큼 아름다운 도시였다.

무엇보다 내 이목을 끈 것은 이상하리만큼 깨끗한 길거리였다.

수도의 길거리에도 부랑자나 거지들은 보이기 마련인데 말이다.

그만큼 양천에 돈이 많다는 뜻도 되었다.

왕국에서 내로라하는 가문에게서 투자를 받아 의술을 연구하는 곳이니 다들 풍족할 수밖에.

"무사님들은 여기 임시 병영에서 지내시면 됩니다."

나장규가 안내해 준 병영에는 넓은 연무장과 천 명은 족히 지낼 수 있는 숙소가 있었다.

이재민과 함께 온 철혈대는 총 500명이니 충분히 사용하고도 남았다.

"선인님들을 위한 숙소는 따로 배정해 두었습니다. 따라오시죠."

"아니다. 여기를 같이 쓰지."

언제 어떻게 습격이 들어올지 모른다.

그런 상황에서 부하들과 다른 숙소를 쓰면 명령은 어떻게

27

내리겠는가?

"그보다 가주 대리님은 언제 만나 볼 수 있나? 의논하고 싶은 게 많으니 서둘렀으면 좋겠는데."

"가주 대리님은 현재 개인적인 연구를 진행하고 계셔서 저녁에야 뵐 수 있을 것입니다."

나는 나장규를 슬쩍 돌아봤다.

저녁에나 볼 수 있다고?

마치 내가 아쉬운 사람처럼 말한다. 물론 나도 양천을 구하기 위해 필사적이긴 하지만 가주 대리라면 나보다도 더 필사적이어야 하지 않나?

"쯧."

"죄송합니다. 가주 대리님이 연구실에만 가시면 밖으로 나오지 않으십니다."

무슨 이유에선지 환영받지 못하고 있다.

나는 철혈대를 향해 말했다.

"방은 오(五)끼리 한방을 써라. 언제라도 싸움이 벌어질 수 있으니 잘 때도 병장기를 항상 가까운 곳에 두도록. 그럼 오늘 하루는 휴식을 취하도록 하라."

"네! 가주님."

철혈대가 각자 방을 찾아 들어가고 나는 나장규를 돌아봤다.

"그럼 관청으로 가서 기다리지."

"네? 준비되면 제가 부르겠습니다."

"아니. 보니까 그거 기다리다가는 내일도 못 만날 수 있을 거 같다는 생각이 들어서 말이야."

오늘 늦게 돌아왔다며 죄송하다 하고, 내일은 일찍 나가 못 만나 뵐 것 같다고 하면 그때는 또 기다려야 하지 않겠는가?

그렇다고 양천 가주 대리 연구실을 습격할 수도 없으니 말이다.

위치도 절대 알려 줄 거 같지 않고.

"가지. 기다리고 있으면 조금이라도 더 빨리 오겠지. 안 그런가? 나장규 부조."

"그, 그렇겠지요. 하하하."

그럼 관청에서 가주 대리를 기다려 보도록 하자.

해가 뉘엿뉘엿 넘어가는 시간.

관청에서 기다린 지 두 시진 정도가 지났다. 옆에 앉아 차를 마시던 이재민은 탁자를 두드리며 불만을 터뜨렸다.

"노대제 얼마나 기다리게 할 생각인 거시? 아주 비싼 사람인가 보네. 왕국 제일검이 온 걸 알면서도 이렇게 안 오는 걸 보면."

그러자 옆에 있던 아린이가 말을 더했다.

"거기다 재신(宰臣)이죠."

"또한 신유민 전하의 오른팔이지."

"청신의 가주이기도 하고요."

"최근 가장 기세가 좋은 광명대의 대장이기도 하지."

"그리고 왕국에서 최고로 잘생겼죠."

"그건 아니야."

"……."

이재민이 칼같이 아린이의 말을 잘랐다.

당연한 말인데 왜 마음이 아릴까?

그나저나 이재민의 말대로 가주 대리 이거 정말 대단한 사람이다.

감히 재신이자 전하가 직접 보낸 장군인 나를 이렇게 방치하다니.

아니면 연구실이 너무 멀리 있던가.

그렇게 생각할 때였다.

"가주 대리님이 오셨습니다."

"드디어 오셨네요."

호랑이도 제 말 하면 온다더니.

열심히 씹었더니 이제야 도착한다.

이윽고 한 남자가 모습을 드러냈다. 다부진 체격과 갈무리된 내공이 느껴진다.

그것만으로도 그가 단순한 의원은 아니라는 것을 알 수 있었다.

"오래 기다리셨습니다. 며칠 더 걸리실 거로 생각했는데 생각보다 빨리 오셨네요. 저는 양천 허씨 가문의 허산이라고 합니다."

허산.

허씨 가문의 장손으로 이변이 없는 한 차기 가주로 확실시 되는 사람이었다.

"반갑습니다. 이서하입니다. 연구실이 많이 먼가 봅니다. 두 시진이나 걸릴 줄은 몰랐는데."

"죄송합니다. 제가 선인들처럼 빠르지 않아서요."

누가 봐도 일부러 늦게 온 건데 말이다.

하지만 나는 말을 아꼈다.

이제부터 양천을 지키기 위해 같이 일을 할 텐데 신경전을 길게 할 생각은 없다.

"할 얘기가 많습니다. 바로 시작하시죠."

"그 전에 혹시 식사는 하셨습니까?"

허산은 미소와 함께 이재민과 아린이를 둘러보고는 고개 를 끄덕였다.

"여봐라. 헌 상 빠르게 내오거라."

하인들이 고개를 숙이며 밖으로 나가고 허산은 나에게로 시선을 돌렸다.

"큰 방으로 가시죠."

응접실에는 원탁이 준비되어 있었다.

나는 허산을 마주 보고 앉으며 바로 본론으로 들어갔다.

"수도에서 군을 파견한 이유는 들으셨습니까?"

"네. 나찰이 이곳 양천을 노리고 있을 가능성이 크다고요."

"그렇습니다."

"아직 그런 낌새는 보이지 않습니다만……."

허산은 혀를 찼다.

"대단한 통찰력으로 이름이 높은 이서하 선인님께서 그리 말씀하신다면 그렇겠지요."

저 새끼.

지금 일부러 먹이는 거 같은데.

혀를 차는 것부터 비꼬는 표정까지. 딱 봐도 내가 마음에 안 든다는 눈치다.

왜일까? 난 저 허산이라는 인물을 한 번도 본 적이 없는데 말이다.

"하지만 양천의 방어는 매우 견고합니다. 뛰어난 무사들도 많이들 와서 영약을 복용하며 수련을 하고 있고요. 정말로 나찰이 이곳을 공격해 오더라도 걱정할 필요는 없습니다."

회귀 전에도 뚫린 놈들이 퍽이나 잘 막겠다.

이번에는 위대한 일곱 혈족까지 와 있다.

양천의 병력으로는 턱도 없겠지.

무엇보다 양천에는, 아니 이 나라에는 나찰을 막아 줄 화경 이상의 고수들이 너무나도 부족하다.

"방심은 금물입니다. 나찰은 당신이 무엇을 상상하든 그 이상의 힘을 가지고 있으니까요."

"새겨듣죠."

전혀 듣고 있지 않는 얼굴이다.

그때였다.

"그나저나 정말로 가주님의 제자이십니까?"

"네, 맞습니다."

"그럼 생사침술도 배우셨습니까?"

"네, 아직 극성에 다다랐다고 할 수는 없지만……."

그 순간.

모든 시선이 싸늘하게 나에게 꽂혔다. 살기마저 느껴질 정도로 차가운 시선.

노골적인 시선에 아린이가 불쾌한 듯 표정을 굳혔고 이재민 또한 심각하게 양천가의 사람들을 노려봤다.

그러자 허산이 웃었다.

"하하하, 우리 가주님이 생사침술까지 알려 주시다니. 참으로 선인님이 마음에 들으셨나 봅니다."

"네, 운이 좋세도 말이죠."

허산의 넉살에 분위기가 조금은 풀어졌다.

덕분에 허산과 양천가가 왜 나에게 악감정을 가지고 있는지 알겠다.

'생사침술은 양천가에서도 극소수만 배울 수 있는 것.'

그것도 직계 혈통을 가진 이들만이 배울 수 있는 것이다.

그걸 내가 배웠으니 경계하는 것이겠지.

'내가 양천을 먹으러 온 거로 생각할 수도 있겠군.'

그렇게 생각할 때 음식과 술이 나왔다.

"자자, 자세한 얘기는 잠시 미루고 일단 음식부터 드시죠. 오늘 당장 습격이 있지는 않을 거 아닙니까? 그리고 여기 좋은 술도 있고요. 양천이 자랑하는 약주(藥酒)입니다. 꽤나 독한 놈이라 입에 맞으실지 모르겠네요."

허산은 나에게 술을 따라 건넸다.

그의 말대로 오늘 당장은 습격이 없을 것이다. 꼼꼼히 정찰하면서 오기도 했고 육감에 걸리는 것도 없었으니까.

"저에게 독한 술이란 없습니다."

내가 바로 신평 박진범을 이긴 이 나라 최고 술꾼인지 모르나 보다.

'향기 좋고.'

그래도 좋은 술 냄새를 맡으니 기분이 조금은 풀어지는 것만 같다.

나는 한껏 향을 음미한 뒤 술을 반쯤 들이켰다.

술이란 원래 한 번은 천천히, 또 한 번은 훅 들이켜야 그 맛을 정확하게 알 수 있다.

나는 천천히 입 안에서 술을 돌린 뒤 목으로 삼켰다.

입에서 톡 쏘는 맛과 함께 속에서 기가 요동친다.

"……."

어이가 없네.

독주라더니 진짜 독을 탄 술이었어?

공청석유의 순수한 기운이 요동치며 독을 정화하는 것이 그 증거였다.

"이거 참."

어떻게 할까?

나는 반쯤 남은 술잔을 돌리며 허산에게로 시선을 돌렸다.

"진짜 독을 타셨네요?"

어떻게 하긴 뭘 어떻게 해?

확신이 있으면 질러야지.

허산은 미간을 찌푸리며 모르쇠로 일관했다.

"독이라뇨? 하긴, 독으로 느껴질 정도로 독하긴 합니다."

"진짜 독이라니까 그러시네. 저도 약선님 제자라서 말입니다. 이런 독 맛 정도는 느낄 줄 알죠."

사실은 공청석유의 반응을 보고 알았지만 말이다.

그런 것까지 말해 줄 필요는 없겠지.

"듣자 듣자 하니까! 아무리 선인님이라도 그런 망발을 하실 수는 없습니다!"

옆에 있던 허산의 부하가 흥분해 외쳤다.

그렇게 나와 주길 바랐다.

"그럼 마셔 보시죠."

나는 허산에게 잔을 밀었다.

당당하던 허산의 부하 놈이 당황한 얼굴로 자기 주인을 바라봤다.

"그렇게 당당하면 마셔 보라고."

자기가 탄 독을 마시든가 아니면 형장의 이슬이 되든가.

선택은 허산의 몫이었다.

◆ ◆ ◆

"그렇게 당당하면 마셔 보라고."

허산은 자신의 앞으로 밀려온 술잔을 바라봤다. 당황한 기색이 역력하다.

분위기가 싸해지고 가만히 술잔을 응시하던 허산이 나에게로 시선을 돌렸다.

"굳이 그래야만 저의 결백을 믿어 주신다면야⋯⋯."

"허산 도련님!"

부하들의 만류에도 불구하고 허산은 단숨에 술잔을 들이켰다.

"크으, 맛만 좋군요."

저 자식 봐라.

양천의 유력한 차기 가주라더니 배짱 하나는 인정해 줘야 할 것만 같다.

"분위기가 좋지 않군요. 일단 식사는 편안하게 하실 수 있도록 자리를 비켜 드리겠습니다."

허산은 그렇게 너스레를 떨며 자리에서 일어났다. 배려하는 것처럼 말하고 있었지만 저 녀석의 생각을 다 읽을 수 있었다.

"아니, 앉으세요."

어딜 나가려고.

빨리 나가서 해독제를 먹을 생각이겠지만 그렇게 놔둘 생각은 없다.

나는 술병을 가져와 다시 내 잔에 따랐다.

독을 병에 탔는지, 아니면 술잔에 탔는지 모르겠다.

하지만 상관없다.

어차피 독은 다 공청석유가 정화해 줄 테니 나에게는 맛 좋은 술일 뿐이니까.

반면 만약 병에 탔다면……

"제가 오해했나 보네요. 같이 드시죠. 제가 따라 주는 잔도 받으시고."

넌 아주 큰일 난 거지.

아니나 다를까 허산은 애써 웃으며 말했다.

나름 표정 관리를 하는 것처럼 보였지만 당황한 게 눈에 훤히 보인다.

"아닙니다. 독주의 맛을 잘 모르시면 그렇게 오해하실 수 있죠. 저는 신경 쓰지 말고 편안하게 드시죠."

"하아. 제 잔은 받기도 싫다, 그런 겁니까? 이거 참 서운하네요."

나는 여유롭게 전채(前菜)를 젓가락으로 집으며 허산을 바라봤다.

"아니면 해독제라도 빨리 드셔야 하는 겁니까? 만약 그런 거라면 혼자 드시지 마시고 제 것도 가져오시죠."

내가 잔을 내밀자 허산의 표정이 굳었다.

자, 어떻게 나올 거냐?

이제 나가면 해독제를 먹으러 간다는 것을 인정하는 꼴이 된다.

"이 무슨 무례한!"

양천의 사람들이 흥분해서 나를 노려보았지만 전혀 신경 쓸 필요는 없다.

"누가 무례한가? 국왕 전하가 보낸 장군이자 이 나라의 찬성사가 가주 대리에게 술을 권하는 것이 무례인가, 아니면 일개 관리 따위가 함부로 대화에 끼어드는 것이 무례인가?"

"……!"

권력이 좋긴 좋아.

이렇게 직설적으로 말하고도 당당할 수 있으니 말이다.

나는 허산을 향해 미소를 보여 주었다.

그가 입술을 잘근잘근 씹는 것이 보였다.

답답하겠지. 빨리 나가서 해독하자니 상황이 우습게 되고 그냥 앉자니 독이 몸에 흡수될 테니까.

어떤 결정을 내리든 그쪽 몫이다.

그때 허산이 자리에 앉으며 말했다.

"좋습니다. 같이 드시죠."

"화통하시네요."

나는 잔을 들어 그에게 건네며 말했다.

"첫 잔은 한 번에 마시는 겁니다."

"……."

그렇게 첫 만남부터 우리는 서로 독주(毒酒)를 들이켜며 우애(?)를 다졌다.

◆ ◈ ◆

"우웨에에에엑!"

만찬이 끝나고 허산은 뒷간으로 달려가 먹은 것을 전부 토해 냈다.

"괜찮으십니까?"

부하들이 달려왔으나 허산은 손을 들었다.

독도 독이었지만 이서하 그 미친놈에 맞춰서 술을 마시다 보니 취기가 너무 올랐다.

그렇게 한참을 토해 낸 허산은 바로 해독제를 먹었다.

"망할 새끼."

이서하의 말대로 허산은 술에 독을 탔다.

"아주 독한 놈이야."

청신의 이서하.

약선의 제자이자 수도에서 가장 큰 권력을 거머쥔 젊은이였다.

그런 그가 양천으로 군을 끌고 온다는 소리를 들었을 때 허산은 확신했다.

나찰의 습격은 핑계일 뿐이라고.

허산의 부하 또한 같은 생각이었다.

"약선님에게 생사침술까지 배운 자입니다. 비록 허씨 가문은 아니더라도 양천에 영향력을 행사할 자격이 됩니다."

터무니없는 말은 아니다.

- 생사침술로 극성에 이른 자.

이것이 양천의 가주에게 요구되는 유일한 자격이었다.

물론 생사침술은 오직 양천 허씨에게만 허락된 것.

저 간단한 자격 요건만으로도 양천 허씨를 제외한 인물이 가주가 되는 건 불가능했다.

그러나 이제 이서하 또한 생사침술을 배웠다.

'그렇다고 가주가 될 수 있는 건 아니지만…….'

부하의 말대로 영향력은 충분히 행사할 수 있을 터.

'눈 뜨고 양천을 빼앗길 수는 없지.'

그렇게 생각한 허산은 바로 행동에 들어갔다.

허산은 연구소로 가 자신의 최측근들만을 모아 말했다.

"이서하는 화경의 경지를 넘은 무인이다. 게다가 의학까지 익혔으니 웬만한 독은 알아차릴 것이다. 그러니 독을 제조할 때 신중히 처리해야 한다."

"어떤 독을 쓰실 생각입니까? 설마 이서하를 죽이실 생각입니까?"

"아니, 그럴 필요는 없다."

과유불급이라고 하지 않던가.

"생사침술만 못 쓰게 만들면 되는 일이다."

이서하가 생사침술을 사용할 수 없게 되면 양천에서 영향력을 행사할 수 없으리라.

"새로운 독을 만들 것이다."

그렇게 독을 만들기에 전념한 지 며칠.

이 세상에 존재하지 않는 무색무취(無色無臭)의 새로운 독이 만들어졌다.

허산은 이 독에 유수독(柳手毒)이라는 이름을 붙였다.

이 독의 효과는 바로 미세한 수전증(手顫症)을 일으키는 것.

효과조차 별 볼 일 없기에 그저 그런 독으로 치부할 수 있다.

그러나…….

'수전증이 생기면 생사침술을 사용할 수 없지.'

무사들이야 무거운 칼을 들고 휘두르니 미세한 떨림이 큰 지장을 주지 않겠지만, 작고 가벼운 침을 정확한 위치에 꽂아야 하는 의원에게는 치명적이었으니 말이다.

그런데…….

'들켜 버렸군.'

허산은 떨리는 손을 바라보다 한숨을 내쉬었다.

독이 완전히 몸에 흡수되기 전에 해독제를 먹었으니 손 떨림을 멈출 수 있을 것이다.

그러나 계획이 틀어져 버렸다는 것에 실망감을 감출 수 없었다.

그때 옆에 있던 부하가 눈치 없이 입을 열었다.

"그래도 이서하도 독을 먹었으니 작전은 성공한 것이나 다름없지 않겠습니까?"

"멍청한 새끼."

허산은 부하를 슬쩍 보고는 고개를 흔들었다.

"이서하는 만독불침(萬毒不侵)이다. 그러니까 그렇게 술을 마시고도 멀쩡하지."

그게 아니라면 독이라는 걸 알면서도 계속 마시지 않았을 테니 말이다.

"내 이 수모는 꼭 갚아 주리라."

허산은 그렇게 이를 악물었다.

"우욱!"

"아이고, 도련님. 토하시면 해독제도 같이 나옵니다. 참으십시오!"

오늘 밤을 무사히 넘기면 말이다.

허산은 그렇게 길고 긴 밤을 뒷간에 앉아 보냈다.

다음 날.

숙소로 돌아온 나는 광명대원들을 모은 뒤 회의를 열었다.

"자자, 다들 모여. 긴급회의 시작한다."

친구들을 불러 모은 이유는 하나였다.

"생각보다 양천에서 일이 힘들겠어. 관리들이 나를 싫어해서 말이야."

나의 말에 상혁이가 하품을 하며 답했다.

"어째 너를 좋아하는 사람이 없는 거 같냐? 뭔가 어딜 가든 문제가 일어나는 것만 같은데."

내 말이 그 말이다.

양천은 좀 수월하게 갈 줄 알았는데 말이다.

그때 아린이가 입을 열었다.

"원래 특별한 사람은 그래. 서하는 너무 빛이 나잖아. 다들 질투하는 거지."

"동감이다."

지율이가 고개를 끄덕였다.

상혁이는 심취해 고개를 끄덕이는 두 사람을 바라보다 한숨을 내쉬었다.

"우리 무슨 종교 단체냐?"

"잡담은 거기까지. 양천에서 협조를 잘 안 해 줄 것만 같아. 약선님도 없고. 자, 그러면 이제 어떻게 해야 할까?"

나는 정이준을 바라보며 물었다.

그러자 옆에 있던 김채아가 당황해하며 입을 연다.

"다, 다 죽입니까?"

저건 또 무슨 황당한 발상이냐?

"이준이한테 물은 건데."

"아……."

얼굴이 빨개져서 고개를 돌리는 김채아였다.

이준이는 키득거리다가 대답했다.

"가주 대리의 약점을 잡으면 됩니다."

"그래, 정답이야."

협력하지 않는 놈은 협박하면 된다. 지극히 간단하고 확실한 방법이 아닌가.

"하지만 그러려면 적의 약점이 무엇인지를 알아야 할 텐데요."

"그건 이미 생각해 놨어."

허산의 약점은 아마도…….

"연구소다."

양천에는 새로운 약을 제조하고 병을 연구하는 연구소가 상당히 많았다.

그리고 연구소는 도시 안에 위치해 있었다.

당연한 일이다.

고가의 약재도 많고, 기밀 장부도 많은 곳이니 도시 안에서 엄중히 관리할 필요가 있을 테니까.

그런데 어제 허산은 도시 밖에서 들어왔다.

'뭔가 숨기고 있겠지.'

의원은 사람을 살리는 존재.

그렇기에 약선님은 사람을 해하기 위해 독을 제조하고 연구하는 것을 혐오했다.

허산은 그런 약선님의 방침을 무시한 채 술에 독을 탔고, 마실 때의 반응으로 보아 중독 증상은 손떨림이었다.

무색무취에 고작 손떨림이 증상인 독은 본 적도 들은 적도 없으니 연구를 통해 새로 만든 것이 분명하다.

'도시 밖에 연구소를 설치한 이유가 있었군.'

독을 연구하고 있다는 걸 약신님에게 들키면 가주 대리 자리는커녕 양천에서 추방당할 수도 있을 테니 꼭꼭 숨겨 두었을 것이다.

'나에게 사용한 독도 그곳에 남아 있을 터.'

한마디로 연구소만 털 수 있다면 그때부터는 허산의 목숨

줄을 움켜쥘 수 있다는 소리다.

"허산의 연구소을 찾아내 턴다. 그러면 그 녀석도 내 말대로 움직일 수밖에 없을 거다."

게다가 만약 정말로 허산이 독을 연구하고 있다면 내가 원하는 연구도 진행할 수 있을 것이다.

조금은 비겁하다고 할 수도 있지만 그렇게 무른 소리를 하다가는 위대한 일곱 혈족을 앞세운 나찰을 이길 수 없을 것이다.

'하나라도 무기가 더 있으면 좋겠지.'

그렇게 생각할 때였다.

"꺄악!"

숙소 저 멀리서 비명이 들려왔다.

육감을 발동하자 사람들이 한곳에 몰려드는 것이 느껴졌다. 아무래도 누군가 사고가 난 것만 같았다.

"잠시 나갔다 올게."

나는 바로 회의를 멈추고 거리를 향해 달려갔다.

사고당한 이의 기가 빠르게 옅어지고 있었다.

이는 치명상을 입었다는 뜻이었다.

"비켜라! 의원이다!"

나의 말에 사람들이 화들짝 놀라며 길을 비켜섰다.

길 한가운데에는 어쩔 줄 몰라 하는 마부와 쓰러진 여인이 보였다.

딱 봐도 마차에 치인 것이 분명했다.

내가 도착하자 하얗게 질린 마부가 말했다.

"이, 이 여자가 갑자기 튀어나왔습니다. 저는 잘못이 없습니다. 의원님."

"일단 마차를 뒤로 물리거라."

"네, 네! 그러겠습니다."

나는 바로 환자의 상태를 살폈다.

"사, 살려 주십시오."

환자는 아직 의식이 있는지 나의 소매를 잡으며 말했다.

"어린 자식이 있습니다……. 제발……."

"걱정하지 마세요. 살 수 있습니다."

내 말을 끝으로 환자는 정신을 잃고 쓰러졌다.

말은 걱정하지 말라고 했다만 상태가 많이 안 좋다.

마차와 부딪히며 성한 곳이 없었고 무엇보다 바퀴에 깔린 두 다리가 완전히 부러졌다.

나는 재빨리 혈을 짚어 고통을 최소화한 뒤 다리를 살폈다.

'이 뼈가 완전 산산조각 났다. 당장 맞추기는 어렵겠군.'

물론 쉬운 일은 아니다.

기를 이용해 뼈를 맞추는 것은 매우 정교한 작업이며 고도의 집중력이 필요하다.

의원의 내공 수준이 상당히 높아야 한다는 것은 말할 필요도 없겠지.

'시간이 오래 걸리는 작업이다. 일단 응급 처치가 우선이야.'

나는 침통을 꺼낸 뒤 내부 출혈부터 잡기 시작했다.

출혈을 잡은 후에는 기를 불어넣어 염증을 예방한다.

이렇게 응급 처치만 하더라도 환자의 목숨은 충분히 살릴 수 있었다.

처치가 끝나자 흙빛이었던 환자의 얼굴에 다시 생기가 돌기 시작했다.

"오오오!"

"살았네! 살았어!"

"아이고, 운이 좋았네. 여기 의원님이 딱 있을 줄 누가 알았어?"

그렇게 호들갑을 떨던 사람 중 하나가 조심스럽게 나에게 다가왔다.

"그런데 의원님 존함이라도 좀 알 수 있을까요? 처음 뵙는 분 같은데."

"난 청신가의 이서하라고 한다."

그러자 남자가 화들짝 놀라고 말했다.

"엄마야! 이서하 선인님이십니까!"

"맞네! 맞아. 여기 병영에 지금 수도에서 오신 분들이 지내고 계시잖아!"

"약선님의 제자라고 하시더니 실력이 대단하시네."

아무래도 내 이름은 여기 양천에서도 유명한 모양이다.

이래서 유명하면 피곤하다니까.

일단 표정 관리부터 하자.

너무 노골적으로 좋아하면 격 떨어지니까.

그때였다.

"허산 의원님이시다! 비켜라!"

뒤늦게 온 놈들이 목소리 하나는 크다.

그보다 허산? 가주 대리가 여기까지 직접 온단 말인가?

현장에 도착한 허산은 나를 힐끗 보고는 바로 환자에게로 가 맥을 짚었다.

"……여기서부터는 제가 맡겠습니다."

"그러십시오. 뼈를 맞추는 건 쉽지 않을 겁니다. 만약 도움이 필요하시면 언제든 부르시죠. 제가 도울 수 있습니다."

"선인님이요?"

허산은 피식 웃었다.

기분 나쁜 비웃음이다.

"그럴 필요 없습니다. 여긴 양천입니다. 실력 좋은 의원들은 널리고 널렸죠."

"쉽지는 않을 텐데요. 내공도 많이 소모될 겁니다. 그것도 빠르게 해야죠."

"다시 말하지만 의원들이 많습니다. 무사는 무사답게 도시 순찰이라도 하시죠. 그럼."

잘난 척은…….

그래도 양천의 의원들이다.

알아서 잘하겠지.

'그래, 지금 마음껏 비웃어 둬라.'

곧 연구소 털리고 눈물 쏙 빼게 해 줄 테니 말이다.

Chapter 103.

Chapter 103.

양천에 도착한 지 사흘이 지난 시점.

나는 아직까지 연구소를 찾을 시도조차 하지 못했다.

허산이 관청에 틀어박혀 나오지 않은 탓이었다.

바쁘다는 핑계로 아랫것한테 일 처리까지 맡기면서.

연구소로 향할 때 몰래 뒤를 밟으면 일이 쉬웠을 텐데 말이다.

게다가…….

"저희가 모시겠습니다."

"아이고, 뒷간은 이쪽입니다. 같이 가시죠."

허신의 부하 셋이 척 달라붙어 감시해 대는 통에 어떻게 수
색을 나갈 엄두조차 내지 못했다.

그래도 저 거머리 같은 놈들을 쓸 기회는 금세 찾아왔다.

"선인님! 저희 아이도 한 번만 봐주십시오. 부탁드립니다!"

"제 부인 좀 진찰해 주시면 안 되겠습니까? 어제부터 숨을 쉬기 어려워합니다."

병영 앞으로 환자들이 몰려온 것이다.

마차에 치인 여자를 무료로 치료해 준 것이 소문난 것이었다.

이준이는 내 옆에 서서 말했다.

"……거절해야겠죠?"

보통 상황이라면 거절하는 것이 맞다.

내가 양천에 온 것은 어디까지나 장군으로서 수비하기 위함일 뿐.

의원 노릇을 하기 위해 온 것은 아니었으니까.

하지만 이 상황을 이용할 좋은 생각이 났다.

"들어오라고 해."

"네? 병영으로요?"

"그래, 이준이 너는 지율이랑 같이 저기 방에 환자들 눕히고, 이걸로 주변 의원에 가서 기본적인 약재들을 사 와."

"우리 여기 나찰이랑 싸우러 온 겁니까? 아니면 의료 봉사하러 온 겁니까?"

"헛소리하지 말고 움직여. 그리고 거기 셋."

허산의 부하들이 화들짝 놀라며 나를 바라봤다.

"너희도 의원이지?"

"그렇습니다만……."

"그럼 뭐 하고 있어? 당장 움직이지 않고. 환자들 기다린다."

이렇게 고급 인력 셋 추가다.

나는 그렇게 치료하면서도 시민들과 대화를 멈추지 않았다.

"소문만 들었지 선인님이 이토록 훌륭한 의원이신지 몰라 뵀습니다."

"약선님의 제자이니 이 정도는 해야지."

양천에 있어 약선님의 제자라는 말은 일종의 신용 보증서라고 할 수 있었다.

덕분에 시민들은 나를 진정한 약선님의 후계자라고 떠받들어 주었다.

그리고 누군가는 시민들의 찬양이 굉장히 듣기 거북할 것이다.

예를 들면 내 뒤에서 바쁘게 돌아다니는 허산의 부하들 같은 놈들에게는 말이다.

"다 됐네. 돌아가도 좋네."

"저기 약값은……."

"필요 없네. 양천의 사람이 양천의 약재로 지료를 받는데 굳이 돈을 낼 필요가 있는가?"

"감사합니다! 감사합니다!"

무리 무료!

이왕 인망을 쌓는 거 아주 제대로 쌓아 볼 생각이었다.

그러다 보니 병영 앞은 하루 만에 인산인해를 이루었다.

이준이는 대문에서 기다리는 환자들에게 달려가 말했다.

"모두 다른 의원을 찾아가도록! 보다시피 여기는 꽉 찼다고!"

그러자 아우성이 시작되었다.

"다른 의원님들은 저희 같은 놈들은 봐주지도 않습니다! 제발 한 번만 봐주십시오!"

얘기를 듣다 보니 내 병영으로 사람이 몰린 이유가 있었다.

양천의 실력 좋은 의원들은 한 번 보는 데도 돈이 많이 든다는 것이다.

그렇다고 싼 가격에 새끼 의원들을 찾아가 상담을 받자니 제대로 듣지도 않고 알 수 없는 약이나 주니 이러지도 저러지도 못하는 상황이었다.

'약선님이 허락할 만한 정책은 아닌데 말이야.'

아마도 약선님은 양천이 이렇게 된 줄은 꿈에도 모르고 계시겠지.

지금은 선왕(先王) 전하를 모시는 데에만 집중하고 있을 테니 말이다.

'호랑이가 없으면 여우가 왕이라더니 양천도 그런 꼴인가?'

그때 허산의 부하 놈이 나에게 물었다.

"저……, 잠시 관청에 가서 약재 좀 더 가져와도 되겠습니까?"

"도망치는 거라면 허락하지 않을 생각이네만."

"꼭 다시 올 것입니다. 걱정하지 않으셔도 됩니다."

"그래, 그럼 가 보게."

나의 말에 부하 놈은 고개를 숙이고 얼른 밖으로 달려 나갔다.

그때 옆에서 상혁이가 이준이에게 물었다.

"저거 우리 상황 보고하러 가는 거 아니야? 그냥 놔둬도 돼?"

"보고하라고 일부러 놔주신 겁니다."

"왜 굳이?"

"그래야 가주 대리가 움직일 테니까요."

"……아!"

이준이가 정확히 짚었다.

하루가 다르게 나의 선한 영향력이 양천을 잠식하고 있었다.

이렇게 되면 허산 그놈도 움직일 수밖에 없겠지.

아니나 다를까.

"바쁘다고 들었습니다만, 정말 이게 무슨 일인지 모르겠군요."

바로 찾아온 허산이었다.

저 인간도 양반은 못 된다.

나는 잠시 휴식을 취하며 허산을 맞이했다.

"그러게 말입니다. 이렇게 양천에 환자가 많을 줄이야. 다들 약제 몇 봉에, 침 몇 번 맞으면 나을 사람들인데 말이죠."

"전국 방방곡곡에서 귀한 손님들이 몰려와 미처 시민들을 살피지 못한 제 잘못이죠. 인력이 부족해서."

허산은 비소를 짓고는 말했나.

"오늘 시간 괜찮으십니까? 저녁이라도 대접하고 싶은데."

"이제 독주(毒酒)는 사양하고 싶습니다만."

허산은 애써 미소를 지으며 말을 이어 갔다.

"너무 강하셨나요? 저는 괜찮았는데. 독주가 좀 부담스러우시다면 이번에는 화주(花酒)로 해 드리겠습니다."

"그러시죠. 그럼 저녁에 관청으로 가 보겠습니다."

"네, 저녁에 뵙겠습니다."

허산이 빠르게 몸을 돌려 나갔다.

모르긴 몰라도 걸음걸이가 분노로 떨리는 것이 표정도 볼 만할 것이다.

정이준은 도끼눈을 뜨고 허산을 바라보다 내 옆으로 다가왔다.

"이러려고 시민들 다 받은 거죠?"

"이러려고라니? 무슨 소리인지 모르겠네."

"에이, 약선님 제자인 대장님이 시민들 마음까지 사로잡으면 차기 가주 후보는 후달릴 수밖에 없죠. 안 그렇습니까? 이러다가 도시를 홀라당 뺏길 수도 있는데."

"난 이미 청신의 가주인데?"

"불가능이 어딨습니까? 막말로 전하가 대장님 친구나 다름없는데."

이준이의 말대로다.

"이제 끌어냈으니 다음 작전은 어떻게 하실 겁니까?"

"제 발로 연구소에 가게끔 만들어야지."

될 수 있다면 허산이 연구소에 있을 때 들이닥쳐 잡고 싶었다.

그래야만 꼬리 자르기를 못할 테니 말이다.

"웬만하면 본인은 움직이지 않을 텐데요."

"움직일 수밖에 없을걸?"

나는 미소를 지으며 약재를 달이고 있는 아린이를 돌아봤다.

"허산은 상상도 못 하는 비밀 무기가 있거든."

슬슬 허산의 연구소를 털러 가 보자.

초저녁.

관청에 도착한 나는 이재민과 함께 응접실로 향했다.

"전에 옆에 계시던 부대장님은 안 보이시군요."

"환자들을 돌보고 있습니다. 가주 대리님이 보내 주신 의원들과 함께."

"그렇습니까? 좋은 음식을 준비했는데 아쉽게 되었네요."

그렇게 자리에 앉자 허산은 바로 본론으로 들어갔다.

"그나저나 걱정하신 나찰의 습격은 전혀 없는 것 같습니다. 다행인 일이지요. 이서하 선인님도 국왕 전하를 도와 나라를 운영해야 하는 재신(宰臣)이니 귀중한 시간을 낭비할 필요는 없지 않겠습니까?"

최대한 예의 바르게 포장했으나 한마디로 요약하면 이만

꺼지라는 소리였다.

"그래야죠. 나찰들이 정말로 나타나지 않으면 수도로 돌아가 볼까 생각하고 있습니다."

"양천을 걱정해 주시는 건 감사합니다만 선인님처럼 훌륭한 분은 좀 더 중앙에서 일하셔야죠."

나는 미소를 지었다.

슬슬 시작할 때가 되었는데 말이다.

그때였다.

"가주님!"

누군가 호들갑을 떨며 응접실 안으로 들어왔다.

나를 감시하던 세 놈 중 하나였다.

"허둥거리지 말아라. 손님이 계시지 않으냐?"

"죄송합니다. 급한 일이라."

"짧게 하라."

"그게…… 마수들이 날뛰고 있습니다."

허산의 표정이 급격하게 썩어 들어갔다.

슬슬 움직이기 시작한 것이다.

"이거 참, 좋은 자리에서 비보가 들려오네요."

마수가 갑자기 날뜀은 한 가지 결과로 귀결된다.

"마수가 날뛴다면 나찰이 나타난 것 아니겠습니까? 그럼 제가 움직여야 할 때가 되었네요."

나는 자리에서 일어나 옷매무새를 고쳤다.

"마수가 나타난 건 어느 지역인가?"

"그게……."

"빨리 말하게. 안 그럼 걷잡을 수 없으니."

"그것이 양천 남쪽의 숲과 북쪽의 양천산입니다."

나는 인상을 쓰며 말했다.

"곤란하군. 나는 한 곳밖에 갈 수 없는데……."

사실 양쪽 다 맡을 수 있다. 그러나 여기서는 약한 척을 해야만 한다.

그래야만 허산이…….

"그렇다면 남쪽 숲은 우리 양천군이 살펴보겠습니다."

저렇게 나올 테니 말이다.

'남쪽이군.'

연구소는 숲에 숨겨 둔 것이다.

"그리해 주신다면 한결 마음이 놓이겠군요. 그럼 지금 당장 출발하도록 하죠."

모든 것은 내 작전대로였다.

◆ ◈ ◆

"이게 무슨!"

관청에서 뛰어나온 허산은 주먹을 쥐며 무사들을 불러 모았다.

61

양천의 정예 무사들을 모은 허산은 말에 올라타며 부하에게 말했다.

"이서하는?"

"먼저 북으로 향했습니다."

"확실한가?"

"네."

"그럼 우리만 똑바로 하면 되겠구나."

진짜로 나찰이 있는 것일까?

그게 아니라면 그저 마수들의 개체 수가 늘어나 난동을 부리는 것일까?

어찌 되었든…….

'연구소는 지켜야 한다.'

연구소가 무너지는 날에는 지금까지 쌓아 온 모든 것이 사라질 테니 말이다.

"키야아아아아아악!"

허산은 정예들과 함께 거칠게 날뛰는 마수들을 돌파하며 숲 안쪽으로 달리기 시작했다.

연구소는 진에 숨겨져 있다.

진이란 인간을 현혹해 헤매게 만드는 것으로 이를 파훼하지 못하는 자들은 영영 숲에서 빠져나올 수 없다.

그러나 이성 없이 본능으로 날뛰는 마수들은 이러한 진에 영향을 받지 않았다.

아니나 다를까?

소수의 부하들과 연구소에 도착한 허산의 눈에 고전 중인 무사들이 보였다.

"어서 도와라!"

"넵!"

양천의 무사들이 마수들을 향해 달려들었다.

음양조화신공(陰陽調和神功), 태극(太極).

허산은 말에서 뛰어내리며 달려드는 마수를 향해 손을 뻗었다.

펑! 하는 소리와 함께 마수가 뒤틀리며 날아갔다.

"후우."

허산 또한 절정 고수에 다다른 실력자.

고작 마수 정도는 쉽게 상대할 수 있었다.

그러나 그 수가 너무나도 많다.

무사들이 하나둘 마수의 협공을 받아 쓰러지기 시작하자 허산은 이를 악물며 외쳤다.

"망할!"

연구소의 정체가 들통날 것을 염려해 너무 적은 인원만 데리고 온 것이 화근이었다.

"가주님! 마수들이 너무나도 많습니다!"

부희의 외침에 허산은 빠르게 결단을 내렸다.

"연구 자료를 챙겨 빠져나간다! 어서 움직여!"

그때였다.

"그럴 필요 없어."

휘잉! 하는 소리와 함께 화살 하나가 마수 세 마리를 처리했다.

그와 동시에 달려든 이들이 마수를 학살하기 시작했다.

지원군인가?

허산은 희망에 차 고개를 돌렸으나 이내 지원군이 올 리가 없다는 것을 깨닫고는 표정을 굳혔다.

'진을 깨고 들어올 수 있을 리가 없다…….'

그렇다면.

저들은 누구인가?

"이런 곳에 이렇게 큰 건물이 있을 줄이야."

그 남자는 마치 승리를 확신한 듯 히죽거리며 어둠 속에서 걸어 나왔다.

"가주 대리님이 연구를 하는 곳입니까? 왜 이렇게 꼭꼭 숨겨 놓으셨데."

이서하.

수도에서 온 바로 그 선인이었다.

"왜, 여기서 독 같은 거라도 연구하시나 봐?"

허산은 멍하니 이서하를 바라보다 중얼거렸다.

"당신이 여길 어떻게……."

"이제 어떻게는 중요하지 않잖아."

허산은 그제야 자신이 이서하의 손에 놀아났다는 것을 깨달았다.

"마수는 슬슬 정리되었으니 이제 비켜."

이서하는 목소리를 내리깔며 말을 이었다.

"연구소 안 좀 보자."

◆ ◈ ◆

작전은 간단했다.

일단 양천에서 영향력을 키우며 잔뜩 웅크리고 있는 허산을 불러낸다.

그리고 그와 같이 자리하게 됐을 때 아린이의 능력으로 마수들을 폭주시킨다.

'동과 서로는 들판이니 연구소를 숨겨 놓을 수는 없었겠지.'

그렇다면 남는 것은 북쪽의 산과 남쪽의 숲.

산과 숲에서 마수들이 날뛴다는 소식을 허산이 듣자마자 그에게 넌지시 한 곳을 선택하게끔 하면 된다.

'무조건 연구소가 있는 곳을 선택할 터.'

그렇게 허산이 직접 연구소를 지키기 위해 떠나면 이재민과 철혈대는 반대편으로 보내 놓은 뒤 여유롭게 그의 뒤를 몰래 밟으면 된다.

양천에 우리 광명대의 미행을 알아차릴 만한 고수는 없으니 말이다.

그리고 연구소에 도착했을 때 짜잔! 나타나면 작전 성공이다.

"당신이 여길 어떻게……."

"이제 어떻게는 중요하지 않잖아."

똑똑한 사람이 그걸 모르나.

"마수는 슬슬 정리되었으니 이제 비켜. 연구소 안 좀 보자."

누가 봐도 양천의 무사들은 나와 친구들의 상대가 될 수 없었다.

허산이 정상적인 사고가 가능하다면 지금이라도 무릎을 꿇고 용서를 비는 것이 상책일 터.

그러나 허산의 반응은 내 예상과 사뭇 달랐다.

"뭣들 하느냐! 침입자를 막아!"

침입자?

아무리 그래도 이 상황에서 나를 막기 위해 전투를 벌인다는 건 이성적인 판단이 아니었다.

똑똑한 줄 알았는데 실망이 크다.

"죽이지 말고 제압해. 가능하지?"

그때 허산이 연구소로 도망쳐 들어가는 것이 보였다.

나는 달려드는 무사들을 가볍게 제압하며 그의 뒤를 따랐다.

연구소 안으로 들어가자 퀴퀴한 냄새가 코를 자극했다. 나는 일단 흥분한 허산을 진정시키기 위해 외쳤다.

"진정해라. 죽일 생각은 없어. 나한테 독을 탄 것 정도야 너 그렇게 넘어가 줄게. 약선님은 어떻게 생각할지 모르겠지만."

"닥쳐!"

용서까지 해 준다는데 미친놈처럼 달려든다.

나는 허산의 장법을 피하며 그의 정강이를 걷어찼다.

"크윽!"

"일어나지 마라. 진짜 부러트리는 수가 있으니까. 네가 어떻게 하느냐에 따라 여기서 독극물을 연구한 걸 약선님에게 말할 수도, 비밀에 부칠 수도 있거든."

그러자 겨우 진정된 허산이 떨리는 목소리로 말했다.

"알았어. 아니, 알겠습니다. 앞으로 시키는 대로 하겠습니다. 그러니 이만 돌아가시죠. 마수들이 날뛰고 있지 않습니까?"

"마수는 걱정할 필요 없고."

난 구두 약속을 믿을 만큼 순진하지 않다.

"그보다……."

한 가지 해소되지 않는 의문이 있었다.

이미 다 발각된 마당에 무엇이 그를 똥 마려운 강아지처럼 안절부절못하게 만들까?

어차피 이제는 내 명령만 들으면서 사는 인생일 텐데 밀이나.

'마치 뭐라도 더 숨기는 것이 있는 사람처럼.'

순순히 인정하면서도 어느 한 곳을 힐끗힐끗 바라본다.

작은 창고였다.

겉모습만 놓고 보면 보잘것없게 느껴지는 장소.

하지만 상황으로 보나 심증으로 보나 저곳에 중요한 무언가가 있다는 것은 확실했다.

누군가의 약점을 잡을 때는 물증을 확실하게 확보해야 뒤탈이 없는 법.

"내가 본 것 외에는 믿지 않는 성격이라. 좀 둘러볼게."

"서, 선인님!"

창고로 향하자 허산이 절뚝거리며 걸어와 나를 붙잡았다.

"제가 안내하겠습니다. 연구 기록은 전부 저기 서재에 있습니다. 원하신다면 이곳에 있는 약재를 다 가져가셔도 됩니다!"

당황해하는 모습을 보니 의심은 확신으로 변모했다.

이러니까 더 둘러보고 싶어진다.

"거기 자빠져 있어. 내가 알아서 한다."

나는 그렇게 창고 앞으로 가 손잡이를 잡았다.

"선인님!"

허산의 절규와 함께 창고의 문을 여는 순간.

달빛이 그 안을 밝혔다.

"히익!"

작은 목소리.

내 시선은 목소리를 따라 아래로 내려갔다.

그곳에는 5명의 아이들이 앉아 있었다.

난 그중 문 바로 앞에 앉은 여자아이를 내려다보았다.

무명옷에 아무렇게나 막 자른 머리.

순간 온갖 생각이 내 머리를 스치고 지나갔다.

누가 봐도 끌려온 행색이었다.

"……허산. 이 아이들은 뭐지?"

"그것이…… 의원의 아이들입니다."

"이 새끼가!"

누굴 병신으로 아나.

나는 허산을 발로 걷어찼다.

이번에는 빡! 하는 소리와 함께 그의 정강이가 부러졌다.

"으아아아악!"

"똑바로 말해. 이 아이들은 뭐냐고 물었다."

"……."

허산은 입을 꾹 다물었다.

그때였다.

"엄마를 구해 주세요!"

여자아이가 나의 바지를 붙잡고 벌벌 떨었다.

아이들만 데리고 온 것이 아니었다.

나는 바로 육감을 발동했다.

연구소 안쪽에서 사람의 반응이 느껴졌다.

그렇게 달려가 문을 연 순간.

"……."

처음 연구소에 들어왔을 때 맡았던 퀴퀴한 냄새의 원인을
깨달을 수 있었다.

구속구가 달린 침대 위.

한 여자가 팔을 벌리고 누워 있었다.

배는 열려 있었고 다리는 잘려져 있다.

그리고 그 여자는⋯⋯.

내가 아는 얼굴이었다.

"이런 씨⋯⋯."

그녀는 마차에 치여 다리를 다쳤던, 어린 자식이 있다며 살려 달라 애원하던 바로 그 여자였다.

젖혀진 고개가 나를 똑바로 바라보고 있다.

왜 끝까지 책임지지 않았냐고 묻는 듯이.

"엄마가 안에 있나요?"

아이의 목소리에 나는 문을 닫았다.

몸이 저절로 떨려 온다. 하지만 아이 앞에서 동요해서는 안 된다.

"아무도 없네. 엄마는 아저씨가 꼭 찾아 줄게."

차마 사실을 말할 수 없다.

"박민주."

"응!"

나의 외침에 민주가 순식간에 곁으로 다가왔다.

"애들 데리고 도시로 돌아가."

"⋯⋯아, 알았어."

내 표정을 살핀 민주는 긴장한 얼굴로 아이들을 안았다.

"괜찮지?"

"걱정 마. 아무렇지 않으니까."

이보다 더 잔인한 것을 많이 봐 왔으니까.

하지만 그때와 다른 것이 하나 있다.

나는 허산을 향해 고개를 돌렸다.

"독극물은 용서해 주려고 했어. 그럴 수 있지. 독도 잘 쓰면 약이 되기도 하니까 의원으로서 연구하는 게 이상하지 않아. 그래도 말이야……."

나는 허산에게 다가가 그의 복부를 걷어찼다.

"크헉!"

"저건 아니지. 안 그래?"

지금의 나는 악인을 처단할 힘이 있다.

그때였다.

"……왜 아닌데?"

지금까지 바짝 엎드려 있던 허산이 살기등등하게 나를 올려 보더니 울부짖었다.

"왜 산 사람으로 실험을 하면 안 되냐고 물었다. 대답해 봐. 왜 안 되지?"

"……진짜로 몰라서 묻는 거냐?"

"너희도 하잖아."

억울하다는 얼굴.

"산 사람을 상대로 무공을 사용하며 연마하지 않나? 사람

71

을 죽여 가며 부족한 점을 채우지 않나? 의학도 똑같아. 사람의 속을 알아야 고칠 거 아니야! 위는 어떻게 움직이는지! 심장은 어떻게 연결되어 있는지! 독을 주입하면 피가 어떻게 되는지, 해독하면 어떻게 되는지, 뼈는 몇 개인지, 어디에 핏줄이 있고 어디에 근육이 있는지. 다 알아야 할 거 아니냐고!"

"그래서 죽은 사람을 해부해 보잖아."

"죽은 사람은 반응하지 않아."

허산은 허탈하게 웃으며 말했다.

"죽은 사람으로는 한계가 있다고. 너도 의원이면 알 거 아니야?"

"그래서 그 대단한 실험을 위해 살아 있는 사람을 데려다 죽인 건가? 그것도 어린애까지?"

"아무나 죽인 건 아니야."

허산의 표정에 죄책감은 없었다.

"그 여자는 어차피 다리가 망가져서 정상 생활을 못해. 그러면 홀로 남을 자식도 강간을 당하든, 어디 팔려 가든 비참한 인생을 살 거 아니야? 어차피 비루한 인생을 보낼 거 인류를 위해 희생하는 게 더 낫지 않나?"

"……너 진심이구나?"

"진심이다."

한때나마 이 망할 놈을 이용하려고 했던 내 불찰을 후회한다.

'또 다른 이건하를 만들 수는 없지.'

미친놈은 제어가 불가능하다.

"넌 이용 가치가 없을 거 같네."

"……그래서?"

허산은 정신 나간 사람처럼 미소를 지었다.

"네가 어쩔 건데? 나 허산이야! 아무리 너라도 날 죽일 수는 없을걸? 네가 아무리 잘났어도 이 나라에서 대가문의 양반을, 양천의 가주 대리를 죽일 수는 없다고!"

"그래, 네 말이 맞아."

왕국은 평민들에게도 재판을 할 수 있게 해 준다.

하물며 양천 같은 대가문의 가주 대리라면 오직 재판으로만 처벌해야 한다.

만약 내가 이 자리에서 허산을 죽인다면 살인자가 된다는 소리다.

하지만…….

"죽이지만 않으면 되는 거 아닌가?"

죽음보다 더한 고통을 주는 법은 아주 잘 알고 있다.

나는 침을 꺼냈다.

"나도 실험 좀 해 보자."

그리고 바로 허산의 목에 침을 꽂았다.

생사침술(生死鍼術).

죽음을 삶으로 바꾸는 침술임과 동시에 삶을 죽음으로 바꿀 수도 있는 기술이다.

"이, 이게……."

뭔가를 묻고 싶겠지만 목소리가 나오지 않을 것이다.

"생사침술이라는 게 고문용으로도 쓰였더라고. 아, 그쪽은 아직 많이 못 배워서 모르겠구나."

두 번째와 세 번째 침으로 사지를 마비시킨다.

그렇게 허산을 고정한 나는 천천히 또 다른 침을 꺼내 들었다.

"첫 번째 침은 피부가 벗겨지는 고통이 오고, 두 번째 침은 잘린 피부가 불에 타는 고통이 올 거야."

침을 꽂을 때마다 허산의 동공이 떨리고 거품이 새어 나오기 시작했다.

그러나 비명 한 번 지를 수 없다.

몸조차 움직일 수 없다.

'고통에 미쳐 버려라.'

평범한 죽음조차 허산에게는 사치다.

연구소에는 시체가 가득했다.

"미친놈들."

얼마나 오랫동안 이 연구가 지속되었는지 알 수 없을 정도로 말이다.

이로써 양천의 의학 기술이 근래 들어 획기적으로 발전한 이유, 그리고 도로가 부랑자 하나 없이 깨끗했던 이유 모두 이해가 갔다.

그렇게 연구소를 뒤집어엎은 나는 바로 재판을 열었다.

가주 대리가 피의자인 만큼 판결은 다른 사람이 내려야만 했다.

그리고 그 사람은……

"그럼 재판을 시작하겠다."

허산의 아버지.

허강이었다.

재판에 가면 자기가 이길 거라고 생각한 이유가 여기에 있던 모양이다.

하지만 서둘러 재판을 연 만큼 상대는 준비를 하지 못했을 것이다.

현행범, 거기에 증거까지 모두 확실하다.

나는 바로 연구소에서 시체 몇 구를 가져와 허산의 아버지 앞에 보여 주었다.

"허산 가주 대리의 연구소에서 찾아온 시신입니다. 모두 생체 실험을 한 흔적이 있습니다. 또한 독을 제조해 이 나라의 재신을 암살하려고 한바, 사형을 선고하심이 옳다고 생각합니다. 아니면 수도에 가서 국왕 전하 앞에서 다시 재판하셔야 될 것입니다."

적당히 꼬리 자르고 몸 사리라는 나의 친절한 경고였다.

그러나 그럴 생각은 없나 보다.

"신, 가주 대리님의 변호를 맡은 이용석이라고 합니다."

누군가 변호까지 준비한 것을 보면 말이다.

"먼저 이서하 찬성사님의 술에 독을 탄 사건은 가주 대리님이 아닌 대리님의 측근이 벌인 만행으로 대리님은 모르고 있었습니다. 그 증거로 가주 대리님은 독이 든 술을 같이 마셨습니다."

얼씨구.

그걸 그렇게 꼰다고?

"또한 연구소의 생체 실험은……."

변호인은 주섬주섬 종이를 꺼내기 시작했다.

"이렇게 몸이 아파 죽음을 면할 수 없게 된 자들이 스스로 자신의 몸을 양천의 발전을 위해 바친 것으로 밝혀졌습니다."

"……."

그가 든 서류에는 빼곡한 글씨가 적혀 있었으며 밑에는 지장이 찍혀 있었다.

"아직 피부가 남아 있는 시신의 지장을 비교한다면 진품임을 알 수 있을 것입니다."

말도 안 되는 소리에 분노가 치밀어 올랐다.

"무슨 말도 안 되는 소리입니까? 다리 부러졌다고 사람이 죽습니까?"

"아, 그 여인 말씀이시군요. 그분은 다리에 염증이 심해 절단을 해야 하는데 그마저도 쉽지 않았습니다. 수술에 성공해도 다리병신으로 살아야 하며 실패 확률이 높은 만큼 돈을 받고 양천을 위한 희생을 하기로 결정 내렸습니다."

"그럼 아이는 왜 거기 있던 겁니까?"

"양천에서 책임지고 의원으로 키우기 위함이었습니다."

"그게 무슨……."

"거기까지면 된 거 같습니다."

허강은 무미건조하게 말했다.

"그만하면 관결을 내리기에 충분합니다."

그리고는 언제 적어 놓았는지도 모를 종이를 꺼내 들었다.

"죄인, 허산은 들어라. 아무리 피실험자들의 동의를 받았다고 하더라도 산 자를 가지고 생체 실험을 한 것은 '무엇보다 생명을 중시하라'는 양천의 가언에 어긋난다. 이에 죄인 허산에게 징역 3년을 선고한다. 허산은 자신의 잘못을 뉘우치고 반성하도록 하라."

징역 3년?

나는 중앙에 무릎을 꿇고 있는 허산을 바라봤다.

미쳐 버린 것처럼 고개를 숙이고 있던 허산이 나를 슬쩍 보며 미소를 지었다.

'정신력은 좋네.'

그렇게 고문을 당하고도 멀쩡한 걸 보면 말이다.

그나저나 이미 결과를 정해 놓고 재판을 할 줄이야.

'이 사태만 잘 넘기면 된다는 말이겠지.'

그렇다면 나도 내가 가진 무기를 사용할 수밖에 없다.

"……국왕 전하에게 재판을 받을 생각입니까?"

나의 말에 허산의 아버지가 고개를 끄덕였다.

"그게 필요하다면 그렇게 하겠습니다. 지금은 전쟁 중이라 힘들겠지만 말입니다."

시간을 끌 생각이다. 그사이 상황이 안 좋아지면 탈옥을 시키든 하겠지.

팔은 안으로 굽는다더니.

양천이 끝까지 썩었구나.

그렇게 생각할 때였다.

"이런 우라질."

한 노인이 관청 안으로 걸어 들어오더니 허산의 뒤통수를 향해 발길질을 날렸다.

픽! 하는 소리와 함께 허산이 앞으로 넘어가고 노인은 놀란 이들을 돌아보며 말했다.

"육시랄. 내가 쪽팔려서 보고 있을 수가 없네. 거기 허강이 너, 어디서 아비를 내려다보고 지랄이야, 지랄은! 얼른 안 내려와!"

약선.

갑작스러운 스승님의 등장에 나조차 당황할 수밖에 없었다.

"스, 스승님?"

"넌 어딜 가나 문제를 일으키냐? 아따, 제자 놈 잘못 뒀어."

스승님은 호랑이 같은 얼굴로 혀를 찼다.

"그래도 제자가 내 새끼들보다는 낫네."

그리고는 재판장 자리에 앉으며 말했다.

"자, 그럼 다시 말해 봐라."

살기가 가득한 목소리.

이거 아무래도 나찰이 아니라 약선님 손에 의원이 전부 죽을 판이다.

"누가 뭘 어쨌다고?"

나는 겁을 집어먹은 허산을 바라보며 중얼거렸다.

"그러게……."

나쁜 짓도 적당히 했어야지.

"자, 그럼 다시 말해 봐라. 누가 뭘 어쨌다고?"

그 누구도 쉽사리 입을 열지 않았다.

확실히 우리 스승님이 무섭긴 한가 보다.

알고 보면 약간 호구기도 있는 스승님인데 말이다.

아무도 말할 것이 없다면 내 차례다.

"허산 가주 대리가 민간인을 납치해 생체 실험을 자행한 부분에 대해 묻고 있었습니다. 그 증거로 실험 일지를 제출합니다."

그러자 변호인이 당황해하며 외쳤다.

"납치라니요! 아까 말했듯이 허산 가주 대리님은 동의를 얻어……."

"닥쳐라."

약선님의 불호령에 시끄러운 변호인이 바로 입을 닫았다.

"일단 증거부터 살펴보마."

그렇게 약선님이 증거를 살피는 동안 허산은 고개를 푹 숙이고 떨고 있었다.

왜 하필이면 오늘이냐고 생각하겠지.

이윽고 분노가 차올랐는지 나를 노려보기 시작했다.

'그렇게 노려봐서 내가 죽겠냐?'

이윽고 스승님이 입을 열었다.

"미친 새끼들. 더 볼 필요도 없겠네. 양천이 날로 발전하고 있다는 보고에 내 대견하다 여겼거늘……."

이윽고 어마어마한 살기가 관청을 덮쳤다.

"그게 생체 실험을 통한 것이었느냐?"

호구 같은 면이 있다고 한 거 취소다.

잘못한 것이 없는 나조차도 식은땀이 절로 흐를 지경이었으니 말이다.

괜히 지금까지 선왕 전하는 물론 우리 할아버지랑 붙어 지내는 것이 아닌 모양이다.

그때였다.

한참 고개를 숙이고 있던 허산이 작정한 듯 약선님을 노려
보기 시작했다.

"맞습니다."

변명이 통하지 않으니 정당화하려는 것이다.

"생체 실험으로 획기적인 치료법을 발견했으며 양천 의술
의 수준을 한 단계 끌어올렸습니다. 그게 그렇게 잘못되었습
니까?"

"의원이라는 것이 감히 사람을 죽여!"

"살린 사람이 더 많습니다!"

"그래? 살린 사람이 더 많다고?"

허산은 약선님을 똑바로 노려보며 말했다.

"대가문의 양반들을 고쳤으며, 그 돈으로 도시를 발전시켰
고 이 나라에 양천의 이름을 다시 알리고 있습니다. 그러는
동안 할아버님은 뭘 하셨습니까? 전쟁이나 다니고, 선왕 전
하 병시중이나 들다가 다 늙어 이제 황혼이지 않습니까. 반면
청신을 보십시오. 저 작았던 가문이 이제는 4대 가문에 버금
가는 가문이 되었습니다. 아니, 성도가 망했으니 이제 청신이
4대 가문이겠네요."

약선님은 묵묵부답이었다.

"말 좀 해 보십시오. 제 말이 틀렸습니까?"

"뭔 말을 하냐? 이 우라질 놈의 자식아. 내가 아직 대답을
안 했는데."

"……."

"너는 분명 살린 사람이 더 많다고 했다. 그렇다면 그 많던 양천의 불구들은 다 어디 간 것이냐? 정녕 네가 신의(神醫)라도 되어서 다리가 잘려도, 팔이 잘려도 솟아나게 만든 것이냐?"

"그건……."

"멍청한 새끼. 이 실험도 그렇다. 독약이나 제조했지 신약 개발은 단 하나도 못 한 거 같구나."

"그것은 양천의 안보를 위해……."

"양천의 안보는 오히려 네가 망치고 있다!"

허산이 제 무덤을 팠다.

"왕국의 그 어떤 사람도 위아래 3대로 이 양천에 신세를 지지 않은 이가 없는데 누가 양천을 공격하겠는가!"

양천은 특별한 가문이다.

비록 4대 가문처럼 경제적, 군사적으로 큰 영향력을 갖추진 못했으나 이 나라 모든 가문이 쉬이 무시할 수 없는 저력을 지닌 곳이었다.

관점을 달리한다면 양천의 영향력이 왕국 최고라고 해도 무방할 수 있다.

그것이 가능했던 것은 어떤 환자든 진심으로 돌보았기 때문이다.

그런 양천을 허산은 장사꾼으로 만들어 버렸다.

그것도 자기 시민조차 지키지 못하는 덜떨어진 장사꾼으

로 말이다.

약선님은 자리에서 일어나며 말했다.

"목을 쳐라. 내 면목이 없어서 시민들 얼굴을 못 보겠다."

"가주님!"

"아버지!"

허강을 비롯한 양천의 관리들이 전부 무릎을 꿇었다.

"허산 도련님이 실수한 것은 명백하나 모두 양천을 위해 행한 일입니다. 부디 자비를 베푸소서!"

"아버지, 제 유일한 아들입니다. 살려 주십시오."

그렇게 전부 매달린다.

이윽고 허산의 어머니마저 달려 나와 빌기 시작하자 약선님은 한숨을 내쉬었다.

"그럼 이렇게 하지. 허산을 양천 가문의 호적에서 파고, 수도로 보내 50년간 하옥하겠다."

그러자 허강이 울부짖었다.

"50년이면 감옥에서 죽으라는 것이나 다름없지 않습니까?"

"내가 죽이지 않는 것만으로도 다행인 줄 알아라! 뭣들 하느냐! 죄인을 끌고 가라."

50년.

앞으로 남은 삶을 캄캄한 감옥에서 보내야 한다는 소리다.

'한 짓에 비하면 약한 처벌이지만…….'

그래도 이 정도면 법의 테두리 안에서 만족할 만한 결과였다.

아무리 그래도 가족들의 반대를 무릅써 가며 손자를 단칼에 베어 버리기란 쉽지 않겠지.

신태민, 이건하를 벤 선왕 전하와 우리 할아버지와는 또 다른 상황이다.

그렇게 수비대가 넋이 나간 허산을 끌고 나가자 약선님이 내 옆으로 다가와 혀를 찼다.

"못난 놈. 그런데 네놈은 왜 여기 있는 것이냐?"

"나찰의 습격이 예상되어 지키고 있습니다."

"쯧, 너는 낄 때 안 낄 때 다 끼는 것 같구나. 오해하지 말거라. 내가 가주로 있을 때는 양천도 이 꼴은 아니었어."

"아무렴요."

"그나저나 금방 돌아가겠다고 했는데 오자마자 할 일이 많구나."

선왕 전하와 할아버지를 말하는 것이었다.

"두 분은 정정하십니까?"

"그 양반들이야 팔팔하지."

"선왕 전하는……."

"걱정하지 마라. 죽기 바로 전날까지 고기 뜯을 사람이니. 그나저나 네 친구들은 보았느냐?"

"친구들이라면 모두 같이 왔습니다."

"그게 아니라, 양천에서 요양하는 그 부부 있지 않으냐?"

"아!"

금수란을 말하는 것이었다.

그러고 보니 오자마자 허산이랑 신경전을 벌이느라 찾아
보지를 못했다.

"동쪽 들판에 저택이 하나 있을 테니 거기로 가 보면 만날
수 있을 거다."

"네, 찾아가 보겠습니다."

"이런 육시랄. 이래서 못 죽지. 못 죽어. 아, 그리고 저녁 비
워 놔라."

"알겠습니다. 저녁이라도 같이 드시죠."

"아니, 본 김에 네 침술이 얼마나 늘었나 확인해 볼 생각이
다. 밥 미리 처먹고 연습해 오거라. 까먹었다고 지랄하면 오
늘이 네 제삿날이 될 줄 알고."

"……."

약선님다운 말이었다.

"그리하죠."

그렇게 양천에서의 소동은 마무리가 되었다.

감옥에서의 첫날.

허산은 부러진 다리를 비리보다 작게 닌 청밖으로 시신을
돌렸다.

이렇게 될 일이 아니었다.

징역 3년만 딱 살고 나가면 다시 양천의 가주가 될 수 있을 줄 알았다.

이서하가 재판에 불복해 수도로 압송하려 들더라도 신평과 해남에서 난리가 평정되지 않는다면 안전을 이유로 양천에서 죄인 호송을 거부할 수 있으니 말이다.

할아버지만 나타나지 않았다면 말이다.

'내가 양천을 망치고 있다고?'

말도 안 되는 소리다.

할아버지가 운영해 온 방식은 너무 고루하다.

나라의 지원을 받아 약재를 사고, 찾아오는 모든 이들에게 최소한의 값만 받는다.

명성은 늘어나겠지.

그래서 언제 4대 가문과 어깨를 나란히 할 수 있겠는가?

그때였다.

[네가 옳다.]

누군가의 목소리가 허산의 귀를 간질였다.

"누구냐?"

화들짝 놀란 허산이 주변을 돌아봤지만 그 누구도 보이지 않았다.

[네가 가는 길이 맞다. 네가 양천의 구원자가 될 수 있다.]

"누구냐고! 정체를 밝혀라!"

[나는 나찰.]

나찰이라는 말에 허산의 동공이 흔들렸다.

정말로 양천을 노리고 있었구나.

이서하가 말한 것이 사실이었다.

허산은 조심스럽게 주변을 살폈다.

"어디 있는 것이냐? 보이지가 않는데."

[넌 날 볼 수 없다. 아주 멀리 있거든. 하지만 난 널 볼 수
있지. 아니, 지금까지의 모든 것을 지켜봐 왔다.]

"보았다고? 이서하 그 자식이 나에게 한 짓을 다?"

[그래, 다 보았다. 억울하겠더군.]

"하, 듣기 좋은 말을 해 주네."

[양천의 가주가 될 생각은 없나?]

"……."

[내가 도와줄 수 있는데.]

허산도 알고 있다. 이 나찰은 원하는 것이 있어 이렇게 접
근해 오고 있다는 것을. 그러나 어차피 망한 인생 아닌가?

밑져야 본전.

망하면 죽기보다 더하겠는가?

아니, 감옥에서 50년 썩는 것보다 죽는 게 나을 수도 있다.

"도와줄 수 있다고? 대신 네가 원하는 건 뭐지?"

[나찰의 편에 서라.]

"난 인간인데?"

[우리 대장도 인간이다.]

"……."

사실인지 아닌지는 모르겠으나 꽤 충격적인 발언이었다.

[우리는 나찰과 인간이 공존하기를 원한다. 너라면 가능할 거 같은데. 어떤가?]

"왜 나지?"

[독이 필요하거든. 인간을 아주 많이 죽일 수 있는.]

허산은 미소를 지었다.

"그건 내가 줄 수 있지."

인생사 새옹지마라고 했나?

기회가 이렇게 올 줄이야.

"그럼 널 위해 내가 뭘 해 주면 될까?"

그렇게 나찰의 요구를 들은 허산은 웃음을 터트렸다.

"고작 그거면 되나?"

[고작? 그래, 고작 그거면 된다. 일이 잘 풀린다면 네가 바로 양천의 가주다. 지켜보고 있으마.]

"약속 지키라고."

이후 전음은 들려오지 않았다.

마음을 정한 허산은 품속에서 금전(金錢)을 하나 꺼낸 뒤 감옥 밖으로 소리를 질렀다.

"거기 누구 있느냐!"

한 번은 이서하에게 당했다.

이제 반격할 차례다.

◆ ◈ ◆

양천에서 20리 떨어진 곳.

남자는 감았던 눈을 떴다.

그런 그의 앞에 산다가 고개를 숙이고 있었다.

"왜 그러고 있느냐?"

로.

위대한 일곱 혈족.

그중에서도 가장 중요한 양천 파괴 임무를 맡은 남자였다.

"위대한 일곱 혈족이라고 들었습니다. 저는 미천한 출신

으로……."

"하."

로는 허탈하게 웃었다.

"괜찮다. 이렇게까지 된 주제에 혈족 타령할 생각 없다. 나

찰이면 나찰이지 다른 게 있나."

로는 자리에서 일어나며 말했다.

"출발하자. 슬슬 양천으로 이동한다."

"허산과의 대화는 잘 되었습니까?"

"그래."

로의 요술.

부유령(浮游靈)이었다.

자신의 감각을 날려 보내 상황을 살피고 말을 거는 것 또한 가능한 요술.

이를 통해 로는 오미크론이 죽은 것을 확인할 수 있었다.

물론 거리에 따라서 오고 가는 시간이 걸리긴 하지만 그 속도가 매우 빨라 사용하는 데 큰 지장은 없었다.

로는 샨다의 물음에 고개를 끄덕였다.

"존재 자체가 욕심으로 이루어진 놈이더군. 허산이라는 그 인간은 잘할 거다. 그가 원하는 걸 주기로 했으니까."

그러자 샨다가 걱정스럽게 물었다.

"……정말 인간이랑 같은 편을 맺을 생각입니까?"

"왜? 우리도 지금은 선생의 밑에서 일하는데 다른 인간 하나가 낀다고 크게 달라지는가?"

"선생님은 다릅니다. 하지만 허산은……."

"확실히 같은 편으로 삼고 싶은 자는 아니지. 하지만 때로는 목적지가 같다면 싫은 자와도 같이 걸어야 할 때가 있다."

이윽고 갈림길이 나오자 로가 고개를 돌렸다.

"목적지가 달라지면 그때 갈라서면 될 뿐."

큰 의미는 없는 동행이다.

그렇게 로는 갈림길에서 양천 쪽으로 방향을 정한 뒤 걸어 나가며 한 남자를 떠올렸다.

이서하.

오미크론을 죽인 이 시대의 유일한 태양.

"가 보자. 태양을 떨어트리러."

샨다는 장검을 어깨에 짊어진 로를 뒤따르며 고개를 숙였다.

거대한 달이 늙은 나찰의 앞길을 밝혀 주고 있었다.

Chapter 104.

"나도 꼭 가야 하냐?"

"그럼요. 같은 편인데."

금수란과 그의 남편 김윤수가 사는 곳으로 가는 길.

나는 이재민만을 동행했다.

조용히 사는 사람의 집에 우르르 몰려가서 떠드는 것도 예의는 아니니 말이다.

그런데 이재민은 왜 데리고 가냐고?

그건 두 사람에게 풀어야 할 앙금 같은 것이 남아 있기 때문이다.

"그래도 이제 우리 편이니 친하게 지내야죠. 서로 묵은 원한은 다 푸는 겁니다."

"난 다 풀었어. 원한 같은 거 없다고."

"그럼 뭐가 문제입니까? 서로 얼굴도 보고 피아 식별도 하고 좋지요. 금수란 씨 얼굴 본 적 없잖아요."

"아니, 난 그냥……."

이재민은 머뭇거리며 말했다.

"무섭단 말이다."

"선인님도 이제 초절정 고수 아닙니까? 그것도 초입이 아니라 완숙의 경지에 다다른. 대체 무서울 게 뭐가 있다고."

"무섭다고! 아직도 그 사슬에 끌려가는 악몽을 꾼다니까?"

"네네, 그러니까 직접 보고 서로 대화도 하면서 두려움을 이겨 내야죠."

"후우."

설득할 수 없다는 걸 이제야 깨달은 모양이다.

그렇게 들판을 한참 걸어가자 작은 저택이 하나 보였다.

총 4채의 건물로 이루어진 저택. 그곳에는 몇몇 의원들이 상주하고 있었으며 집안일을 돕기 위한 하인들도 함께였다.

마당을 쓸고 있던 여인이 나를 발견하고는 놀라 다가왔다.

"선인님께서 여긴 어쩐 일이십니까?"

"양천에 볼일이 있어 왔다 한번 들렀습니다."

금수란이었다.

그때 뒤에 있던 이재민이 내 어깨를 툭툭 쳤다.

"이 아름다운 여인은 누구시냐? 마당을 쓰는 걸 보면 하녀 이신가?"

"……아름다운?"

하긴, 금수란은 무공을 연마한 만큼 나이에 비해 훨씬 젊어 보이긴 하지.

게다가 예전에는 살수 특유의 차가운 분위기가 있었으나 그마저도 없어진 지금은 평범한 여인에 지나지 않았다.

그뿐인가.

순수해 보이는 얼굴에서 나오는 환한 미소는 남자의 가슴 에 불을 지피기에 충분했다.

"무섭다고 벌벌 떨 때는 언제고……."

"응?"

"아닙니다. 이분은 그러니까 여기 하녀장이십니다."

"네?"

"아, 그런가?"

당황한 금수란이 대답할 새도 없이 이재민이 앞으로 나오 며 말했다.

"반갑다. 나는 철혈대의 이재민이라고 한다."

"아, 그럼 당신이……."

"맞다. 맞아. 하하하!"

이재민은 인위적으로 호탕한 웃음을 디트린 후 말을 이어 갔다.

"내가 바로 그 육도검이다. 나도 모르는 사이에 여기까지 이름이 알려진 모양이군. 하하하!"

참아야 한다.

웃음을 참아야 이 다시없을 재밌는 상황을 계속 즐길 수 있다.

"이토록 아름다운 그대의 이름은 무엇이오?"

"저는……."

금수란은 잠시 내 눈치를 보다 한숨을 내쉬었다.

"금수란이라고 합니다."

"금수란. 이름이……."

웃음꽃이 활짝 피었던 이재민의 얼굴이 급속도로 굳어져 갔다.

"……매우 익숙한 듯한데?"

설마 하는 얼굴로 나를 돌아보는 이재민.

나는 그런 그에게 고개를 끄덕여 주었다.

"네, 그분입니다."

"반갑습니다."

금수란은 멋쩍게 웃으며 말을 이었다.

"그리고 수도에서의 일은 미안하게 되었습니다. 아무리 임무였다고는 하나 무슨 말로 용서를 구해야 할지 모르겠네요."

"아……."

이재민은 빠르게 뒷걸음질 쳐 내 뒤로 숨었다.

"왜요? 유부녀라 좀 그렇습니까?"

"그게 문제가 아니잖아, 이 망할 자식아! 말을 해 줬어야지."

"아니, 신나 보이시길래. 뭐 하고 계십니까? 미안하다고 하는데 대답은 해 주셔야죠."

"크흠."

이재민은 목소리를 가다듬고는 말했다.

"저, 전혀 신경 쓸 필요 없으십니다. 다 잊었습니다. 전부."

"감사합니다."

목소리가 떨리는 것이 전혀 괜찮아 보이지는 않지만 말이다.

장난은 여기까지만 하도록 하자.

"남편분은 좀 괜찮으십니까?"

"네, 약선님께서 봐주신 덕분에 많이 좋아졌습니다. 안으로 들어오시죠."

금수란을 따라 안으로 들어가자 한 남자가 지팡이를 짚으며 나왔다.

금수란의 남편.

김윤수였다.

"오랜만입니다. 선인님."

안타깝게도 김윤수의 시력은 돌아오지 않았다. 게다가 지팡이에 의지하지 않으면 걸을 수조차 없다.

죽지 않은 것만으로도 다행이었으나 백야차를 압도하던 그때의 모습은 다시 볼 수 없겠지.

"몸은 좀 어떠십니까?"

"살아 있는 것만으로도 다행이라고 생각합니다."

김윤수는 그렇게 잠시 앉아 대화를 나누었다.

일상적인 대화였다.

양천에서의 생활, 그리고 지금에 만족한다는 소소한 이야기. 그러나 그 대화를 하는 것마저도 힘들어 보였다.

몇 번 기침하던 그는 나에게 양해를 구했다.

"죄송합니다. 이만 들어가 봐야겠네요."

"괜찮습니다."

김윤수가 그렇게 자리를 뜨자 금수란이 작게 한숨을 내쉬었다.

"인간의 욕심이 얼마나 큰지. 처음에는 저렇게 살아 있는 것만으로도 감사했는데, 이제는 더 좋아질 수 없나 고민하게 됩니다."

"약선님은 뭐라고 하십니까?"

"인간의 의술로는 방법이 없다고 하셨습니다."

인간의 의술로는?

"그 말은 다른 의술로는 가능하다는 것처럼 들리는데요?"

"지나가는 말씀이셨지만 산족의 영약을 언급하신 적이 있습니다."

산족(山族).

왕국 남부 고산지대에 자리 잡은 신비로운 종족이다.

그러나 그들은 인간들의 침입을 극도로 꺼린다.

아미숲의 도적단들에게 영지 끝자락의 동굴 하나를 내준 것도 그들에게 있어서는 매우 이례적인 일이라고 할 수 있을 정도.

"혹시 그 말을 듣고 산족의 영지로 가 보셨습니까?"

"네. 한번 숨어 들어가 보려고 했습니다만……."

금수란이라면 그럴 것이라고 예상하긴 했다.

남편을 위해서라면 물불 가리지 않는 그녀였으니까.

게다가 단순 무공 실력이라면 몰라도 잠행술 하나만큼은 왕국 최고라고 불리는 사람이다.

어느 정도의 소득은…….

"실패했습니다."

"실패했다고요? 금수란 씨가요?"

"화살이 발 앞에 꽂히더군요."

금수란은 그때를 떠올리며 한숨을 내쉬었다.

"마치 더 다가오면 죽이겠다는 듯이."

"……그렇습니까?"

몰래 산족의 영역으로 들어가는 건 아무래도 불가능할 듯싶다.

"그래도 서로 같은 밥을 먹고, 같이 대화하는 것만으로도 지금 너무나도 행복합니다. 전부 선인님 덕분입니다. 감사합니다."

"아닙니다. 오히려 저 때문에……."

김윤수는 죽을 뻔했었으니 말이다.

"시간을 많이 뺏었네요. 저희는 이만 일어나 보겠습니다. 나오지 않으셔도 괜찮습니다."

"네, 약선님께서 양천으로 돌아오셨다는 말을 들었습니다. 시간을 내 한번 찾아뵙겠습니다."

나는 고개를 끄덕이고 금수란의 저택에서 빠져나왔다.

가벼운 마음으로 찾아왔을 때와 달리, 지금은 머릿속이 혼란스러웠다.

'산족이라……'

회귀 전에는 산족에 대해 알아볼 수 없었다.

왕국이 멸망할 때도 산족은 자신들의 영지에서 나오지 않았으니 말이다.

몇몇 별종들이 인간을 돕기는 했으나 손에 꼽을 정도.

인간의 편에 섰다고 하기에는 무리가 있다.

그렇기에 회귀 전 계획을 세울 때도 그들의 존재는 고려 대상에 포함시키지 않았다.

'하지만 이제는 다르지.'

수는 적지만 나찰만큼 강한 종족.

위대한 일곱 혈족의 등장으로 위기를 맞은 지금, 산족을 아군으로 끌어들일 수만 있다면 그보다 좋은 수는 없을 것이다.

'한번 접촉해 볼 가치는 있다.'

선인 시련 과제로 산족과 만났던 상혁이가 무언가를 받아

온 적도 있지 않은가.

밑져야 본전이니 시도해 볼 필요성은 충분했다.

'뭐라도 해야 한다.'

이미 전란은 시작되었으니까.

♦ ◈ ♦

저녁.

나는 바로 약선님이 만나러 향했다.

"기다리셨습니까? 스승님."

"이런 우라질. 지금이 몇 시냐? 감히 스승을 기다리게 만들어?"

"정확한 시간에 왔는데요?"

"나 때는 일각은 먼저 와서 기다리고 그랬어. 쯧."

말 한마디를 쉽게 하지 않는 분이다.

그렇게 약선님을 따라 들어간 곳은 중증 환자가 있는 병동이었다.

"지, 생시침술을 펼쳐 보아라."

"네."

그렇게 환자를 돌보기를 한참.

뒤에서 시겨보넌 약선님이 말했다.

"생각보다 괜찮네."

"그럼요. 스승님이 나 몰라라 하고 내팽개친 이후로도 꾸준히 연습했으니 당연한 일이죠."

"우라질. 내가 괜찮다고 했지, 잘한다고 했냐? 내 제자라면 괜찮은 수준을 넘어서 잘해야 하는 거야. 알았느냐?"

"네, 네. 그러겠습니다."

칭찬 하나가 박한 사람이다.

원래 천재라는 사람들이 다 저런가?

"그런데 궁금한 게 하나 있습니다. 스승님."

"뭔데?"

"생사침술 말입니다. 그거 왜 저한테 가르쳐 주신 겁니까?"

"그거 떠본 거다."

"네?"

"생사침술의 이름을 알고 있는 외부인은 없다. 그냥 엄청난 침술이라고만 불리지. 근데 당시 너는 그걸 단번에 알아차리지 않았느냐?"

"……."

내가 그런 실수를 했었구나.

이 멍청한 놈.

"그리고 느낌! 네놈이 평범하지 않다는 느낌이 들어서 가르쳐 줬지."

"하긴, 제가 평범하지는 않죠."

"그래, 아주 특별한 멍청이더구나."

"……."

"배우는 게 그렇게 느린 놈은 처음 봤다. 그랬던 네가 이 정도로 성장할 줄이야."

칭찬을 하는 건지 욕을 하는 건지 모르겠다.

"그리고……."

약선님은 가만히 생각에 잠겼다 혀를 찼다.

"거기 침 잘못 놨다. 우라질. 환자 죽일 생각이냐? 진짜 못하네. 이런 걸 내 수제자라고."

"……죄송합니다."

지금 말을 바꾼 게 분명하다.

그렇게 구박이라는 구박은 다 받으며 환자들의 치료를 마친 나는 금수란에게 들었던 영약에 대해 말을 꺼냈다.

"오늘 금수란 씨가 산족이 가진 영약에 대해 말해 주었습니다. 그게 무엇입니까?"

"산족의 영약? 아, 그거 말이냐. 나도 양천의 기록서에서 본 거다. 잠깐……."

약선님은 서재에서 한 고서를 꺼내 나에게 건네주었다.

"여기, 산족의 생명수(生命樹)에 관한 이야기를 살펴보거라."

생명수(生命樹).

산족이 섬기고 있는 거대한 나무다. 이 나무는 100년에 한 번씩 열매를 맺는데 이를 생원과(生原果)라고 불렀다.

그리고 이 생원과의 효능은…….

"……생원과를 먹으면 다시 태어날 수 있다고요?"

"그래, 다시 태어난다고 한다. 그렇다고 응애! 하고 아기가 되는 건 아니고 가장 이상적인 몸 상태로 돌아간다고 봐야지."

"그게 사실입니까? 그럼 이걸 먹으면 선왕 전하도……."

"살아나실 수도 있지."

그렇게 말한 약선님은 혀를 차며 고개를 흔들었다.

"근데 우라질, 이게 사실이어도 받을 수가 없잖느냐. 생명수는 산족 놈들이 신으로 받드는 나무다. 그런 나무에서 100년에 한 번 열리는 열매를 그 깐깐한 놈들이 넙죽 주겠냐고?"

"강제로는……."

가져올 수 없겠지.

산족이 사는 곳은 남악이나 만백산을 동네 뒷산으로 만들어 버릴 정도로 험했다.

그런 곳에서 나찰만큼 강한 산족과 전쟁을 한다. 이길 수도 없을뿐더러 설사 생원과를 어떻게 확보하더라도 피해가 더 클 것이었다.

"그냥 그런 게 있다고만 알아두거라."

"네, 스승님."

그때였다.

"약선님! 약선님!"

한 남자가 아들을 업고 달려왔다. 의원을 지키는 무사들이 남자를 막았으나 남자는 더 필사적으로 외쳤다.

"한 번만 봐주십시오! 제 아들이 이상합니다!"

약선님은 인상을 찌푸리며 환자에게로 다가갔다.

"서 의원 아닌가? 길을 열어 주거라."

아들을 데리고 온 남자는 의원이었다.

그는 바로 평상 위에 제 아들을 눕히며 말했다.

"갑자기 열이 오르더니 피를 토하기 시작했습니다. 이게 무슨 일인지……."

"잠시만 기다려 보게."

약선님은 맥을 짚더니 심각한 얼굴로 나를 돌아봤다.

"서하야. 와서 맥을 짚어 봐라."

"네, 약선님."

나는 맥을 짚고 정신을 집중했다. 그렇게 아이의 맥과 전신의 기혈을 둘러본 나는 바로 스승님에게로 시선을 돌렸다.

"이건……."

그 순간이었다.

"콜록! 콜록!"

서 의원이 심한 기침과 함께 피를 토해 냈다.

"약선님……."

그리고는 다리가 풀려 주저앉는다.

그 순간.

"어서 의원들에게 전해라!"

약선님이 굳은 얼굴로 외쳤다.

"역병(疫病)이 창궐했다고!"

◆ ◈ ◆

긴 새벽이 끝나고 다음 날.

환자들이 밀려들어 오기 시작했다.

"……이게 무슨 일이냐?"

상혁이는 피를 토하며 고통스러워하는 사람들의 모습에 넋을 놓았다.

그 수가 한둘이 아니었으니 말이다.

"내가 의원이 아니라서 잘 모르겠는데, 하루아침에 이럴 수 있어?"

"그건 내가 묻고 싶다."

이런 역병이 있다고는 들어 본 적이 없다.

하지만 맥은 물론 눈으로 보이는 증상은 분명 폐병이라고 말하고 있었다.

"보통은 조짐을 보이기 마련인데."

이것이 전염병이 맞다면 사소한 것이라도 전조 증상이 있었어야만 한다.

고뿔에 걸린 환자가 늘어난다든지, 사람들이 마른기침에 고생한다든지 하는 그런 사소한 증상들.

그러나 이번 전염병은 그 어떤 전조 증상도 없었다.

"일단 환자들을 좀 돌봐 줘. 무사들은 전염병에 잘 걸리지 않으니까. 그래도 혹시 모르니까 입 가리개는 꼭 하고. 나는 약선님 좀 보고 올게."

"그래, 빨리 좀 해결하자."

나찰과 싸우러 와서 역병과 싸우게 될 줄이야.

약선님은 다른 의원들과 함께 병의 원인을 파악하기 위해 논의를 하고 있었다.

"처음 보는 폐병입니다. 증상을 보이고 중증까지 가는 데 고작 하루밖에 안 걸렸습니다."

"무엇보다 원인을 알 수 없다는 것이 문제입니다. 환자들의 위치가 중구난방이라 감염 경로 또한 불분명합니다."

"전염성이 매우 강하다는 것도 무시할 수 없습니다. 무공 수준이 높지 않은 자들은 환자 옆에만 있어도 위험할 수 있습니다."

양천의 의원들은 대부분 무공을 연마했다.

그러나 의술에 전념한 시간이 있기에 일반적인 무사들과는 차이를 보일 수밖에 없다.

결국 아무리 무공을 익혔다 한들 하급 무사 수준에 지나지 않는 이들은 병에 걸릴 위험이 다분했다.

양천의 의원들이 난처해하는 이유가 바로 이 때문이었다.

"세나가 환자들에 비해 산병인들의 수 노한 매우 석습니다."

"그건 걱정할 필요 없습니다."

내 말에 의원들의 시선이 나에게 모아졌다.

"간병인은 철혈대의 무사들로 해결할 수 있습니다. 바로 투입하죠."

문제점이나 늘어놓으면서 탁상공론을 벌일 때가 아니었다.

"무사들은 기본적인 응급 처치를 배웠으니 조금만 가르쳐도 곧잘 할 것입니다. 모두 나가서 환자를 봐주세요."

"……."

"어서 나가 주시죠. 전 스승님과 나눌 대화가 있습니다."

"그래, 이만 나가들 보거라."

약선님의 말에 의원들이 고개를 숙이고 밖으로 나갔다.

"그래, 하고 싶은 말이 뭐냐?"

"단순 전염병이 아닙니다. 일반적인 전조 증상도 없었으며 다른 의원들의 말대로 발병지 또한 제각각 아닙니까?"

"나도 그렇게 생각한다."

"제가 기억력이 좋은 건 아시죠?"

"기억력은 좋았지. 그래서 내가 속았고."

"……."

꼭 이럴 때 초를 친다. 그냥 칭찬해 주면 어디가 덧나나.

하지만 불평은 지금의 위기를 넘기고 나서 해도 늦지 않는다.

"허산의 연구 일지에서 발견한 독 중 전염성을 가지는 독이 있었습니다."

"……계속해 보거라."

허산의 연구 일지에는 독의 종류와 제조법에 대한 내용들
이 적혀 있었다.

난 약선님에게 넘겨주기 전에 그것들을 달달 외웠다.

언젠가 내가 제조해서 쓸 수도 있으니 말이다.

그중에는 특별한 독이 하나 있었다.

"폐병을 일으키고 소화 불량을 일으켜 사람을 죽음으로 몰
아가는 독입니다. 거기다 전염성까지 강해 거대한 도시에 사
용하면 엄청난 피해를 일으킬 수 있다는 설명도 덧붙여 있었
습니다."

무려 대량 살상 독이었다.

비록 내공을 가진 무사들에게는 효과가 미미하다는 단점
이 있었지만 인간의 탈을 쓰고 쓸 만한 독은 아니었다.

"그리고 특이한 점은 이 독이 물속에서만 장시간 효과를
유지할 수 있다는 것인데……."

나는 지도를 펼쳐 다수의 발병자가 나타난 곳에 점을 찍은
뒤 대칭되는 점들을 선으로 연결했다.

수많은 선이 그려지며 하나의 교차점을 형성했고, 나는 그
지점을 가리키며 말했다.

"발병지들의 중앙에는 공용으로 사용하는 우물이 있습니다."

약선님의 표정이 굳어졌다.

"여기에 독을 푼 섯으로 생각됩니다."

범인은 굳이 말하지 않아도 예측 가능했다.

독의 제조와 사용법을 아는 이는 한 사람만이 유일했으니까.

"허산 그놈의 소행이로구나."

"그렇다고 봐야죠."

허산 그 미친놈이 대형 사고를 쳤다.

◆ ◈ ◆

허산은 감옥 안에서 휘파람을 불었다.

역병이 창궐했다는 소식은 감옥 안에서도 다 들을 수 있었다.

"잘 풀렸군."

나찰에게 받은 지령은 간단했다.

우물에 독을 풀어 양천을 위기에 빠트려라.

그렇게 약선을 비롯한 모든 의원들이 헤매고 있을 때 자신이 영웅처럼 등장해 병을 치료하고 이것이 나찰의 소행임을 밝히는 것이었다.

그리고 같은 날.

나찰이 쳐들어오고 그것을 허산이 멋지게 격퇴한다.

'그럼 나를 다시 감옥에 가둘 수 없겠지.'

차기 가주 지위를 되찾는 것도 꿈은 아니었다.

게다가 나찰이 요구한 것 또한 충분히 실행 가능한 것이었다.

[전쟁이 시작되면 양천은 나찰의 편에 서라.]

어차피 이대로라면 감옥에서 남은 평생을 보내야 하는 허산 입장에서는 승낙하지 않을 수 없는 제안이었다.

'나쁘지 않아. 그때 가서 저울질해 볼 수 있을 테니 말이다.'

인간이 더 유리해 보이면 인간 편에, 나찰이 더 유리해 보이면 나찰 편에 서면 되는 일이다.

그리고 아니나 다를까.

누군가 헐레벌떡 뛰어와 외쳤다.

"죄인 허산을 호송하라!"

"늦었군."

허산은 해가 뉘엿뉘엿 넘어가는 것을 보며 몸을 일으켰다.

그렇게 목발을 짚고 일어난 허산은 전옥서 무사들의 손에 이끌려 갔다.

이윽고 도착한 관청의 회의실.

그 안에는 할아버지, 약선과 이서하가 기다리고 있었다.

"뭔가 큰일이 난 거 같군요. 듣기에는 역병이라던데. 이 양천에서 어떻게 이런 일이 일어날 수가 있습니까?"

허산의 말에 두 사람은 표정을 굳혔다.

"어떻게 일어났냐고? 잘 들어라. 난 이 역병이 인위적으로 일어났다고 생각한다."

"인위적으로요?"

"그래, 누군가 우물에 독을 푼 것만 같구나."

정확하게 요점을 짚었지만, 허산의 표정엔 별다른 변화가 없었다.

이는 이미 예상하던 바였으니 말이다.

약선이 괜히 약선이겠는가?

평범한 전염병이 아니라는 것은 바로 알아차렸을 것이다.

게다가 연구 일지까지 압수된 마당에 역병이 독으로 말미암아 생겨났다는 것을 모를 리는 없겠지.

"그렇습니까?"

허산은 잠시 고민하는 척하다 입을 열었다.

"사실 저도 그렇게 생각하고 있었습니다."

허산은 아무것도 모르는 척 순진한 얼굴로 말을 이어 갔다.

"오는 길에 의원들에게 환자들의 증상을 들었습니다. 제가 아는 독 같더군요."

"아는 독이라고?"

이서하가 헛웃음을 터트렸다.

"그쪽이 만든 독이 아니라?"

정곡이었지만 허산은 태연했다.

"아닙니다. 혹시나 해서 말하는 건데, 연구 일지에 있던 그 독은 제가 개발한 것이 아니라 본디 나찰의 것입니다. 그것을 제가 비밀리에 입수해 연구해 본 것이고요."

감옥에서는 남는 게 시간이다.

이미 모든 경우의 수를 고려해 대응법을 준비해 온 허산이었다.

'자, 이제 어쩔 것인가?'

자신이 독을 풀었다는 증거가 있을 리 만무하다.

그리고 저들이 어쩔 도리가 없게 만들 비장의 한 수가 아직 남아 있었다.

"중요한 것은 저만이 이 독의 해독법을 알고 있다는 겁니다."

"기록에는 없던데?"

"해독에 대한 기록은 적어 놓지 않습니다. 제 머릿속에 있죠."

이로써 양천을 구원할 수 있는 존재는 자신에게로 한정되었다.

허산은 승리의 미소를 지었다.

"비록 지금은 죄인의 몸이나 이 중책을 맡겨 주신다면 제가 양천을 구해 내 보겠습니다."

"하……."

약선은 쓴웃음과 함께 살기를 담아 말했다.

"꼭 구해 내야 할 거다. 이미 많은 이들이 죽었으니까."

"물론입니다. 저에게 3일의 시간만 주신다면 해독제를 만들어 오겠습니다. 다만 한 가지 부탁이 있습니다."

"말해 봐."

"해독제는 제가 만든 것으로 발표하겠습니다. 저의 연구로 인한 공을 누가 가로채는 건 썩 기분 좋은 일은 아니니까요."

이제 시민들은 자신을 그들의 구원자로 생각할 것이다.

연구소에서 생체 실험을 한 결과로 사신들이 살아남았다고 말이다.

그럼 아무리 약선이라도 양천의 영웅을 감옥으로 보낼 수
는 없을 터.

"……그래."

약선의 승낙에 허산은 고개를 숙였다.

"감사합니다, 할아버님. 그럼 바로 작업에 착수하겠습니다."

허산은 가벼운 발걸음으로 회의실을 나섰다.

'됐다.'

결국 이서하와의 싸움에서 승자는 자신이 된 것이다.

그렇게 밖으로 나온 허산은 측근들을 모았다.

"지금부터 우리는 이 역병을 막을 약을 제조한다. 어서 움
직이자!"

허산은 배정받은 연구소로 향했다.

이미 무사들이 엄중하게 경계를 서고 있다.

안으로 들어간 허산은 가장 먼저 저녁밥을 내오라 명령했다.

감옥에서 나오는 밥은 너무나도 맛이 없었다.

이윽고 한 남자가 밥상을 들고 안으로 들어왔다.

"그래, 여기다가 놓거라."

그 순간이었다.

푹! 하는 소리와 함께 남자가 허산을 찔렀다.

절정 고수가 반응할 수도 없을 만큼 빠른 움직임. 허산이
고개를 들어 남자를 보는 순간이었다.

"이, 이게 무슨……."

남자의 눈이 죽어 있다.

자세히 보면 피부 또한 창백한 것이 평범한 사람처럼 보이지 않았다.

"으윽!"

허산은 남자의 얼굴을 손으로 때렸다.

목이 180도 돌아간다.

남자의 손에서 벗어난 허산은 바닥을 기며 외쳤다.

"거기 누구!"

그와 동시에 칼이 허산의 목을 찔렀다.

"컥!"

목이 돌아간 그 남자였다.

"……."

어떻게?

그렇게 묻고 싶었지만 목소리가 나오지 않았다. 죽음이 다가올 때 누군가 허산의 귀에 대고 속삭였다.

[수고했다.]

나찰의 목소리.

[감사를 표하마.]

허탈감이 물밀듯이 밀려왔다.

나찰에게 이용당한 것이다.

"……헤에에에에엑!"

허산이 발버둥을 치며 도움을 요청했으나 바람 빠지는 소리만 날 뿐이었다.

[그럼 편히 쉬어라. 어리석은 인간.]

푹!

허산의 야망은 그렇게 끝이 났다.

◆ ◈ ◆

양천의 한 작은 기와집.

로는 그 안에 앉아 허산의 죽음을 바라보고 있었다.

"종복의 수는?"

"총 43명입니다."

"방금 44명이 되었겠군."

"네, 로 님."

샨다는 정신을 집중하다 걱정스럽게 물었다.

"그런데 약선이 이 도시에 있다고 합니다."

"그렇더구나."

"괜찮으시겠습니까? 약선은……."

"왕국이 자랑하는 세 고수 중 하나지."

신유철, 이강진, 그리고 허운의 젊은 시절을 모두 봐 온 로다.

그 어느 나찰보다 세 사람의 무위를 가장 잘 안다고 자부할 수 있었다.

"지금이야 셋 다 늙어 시대의 흐름에 휩쓸려 가고 있으나 당시에는 인간이라고 믿기지 않을 정도로 강했지."

신유철과 이강진은 말할 것도 없었으며 허운 또한 대단한 무위를 보여 주었다.

"이서하와 광명대까지 있습니다. 로 님 혼자서는 어렵지 않겠습니까?"

"네가 죽을까 봐 그러는 것이냐?"

"결코 아닙니다. 다만 로 님께서 잘못되지 않을까 염려되어……."

"오히려 좋다."

로는 흐뭇하게 미소 지었다.

"세 사람은 지금도 이 왕국의 기둥이다. 신유철이야 세월을 이기지 못하고 부러지기 직전이지만 아직 이강진과 허운은 건재하다고 볼 수 있지."

이강진은 무신으로. 허운은 약선으로.

이 왕국 무사와 의원들의 태양이나 다름없었다. 그리고 그 태양 중 하나를 떨어트릴 수 있는 아주 좋은 기회가 찾아왔다.

"속도를 올려라, 샨다. 내일 저녁 시작한다."

아직은 병력이 부족하다.

하지만 샨다의 능력이라면 하루 만에도 수백, 수천의 군대를 만들 수 있다.

"네, 알겠습니다."

로는 다시금 눈을 감아 이서하와 약선에게 시선을 고정했다.

양천이 지도에서 사라질 때까지 앞으로 하루 남았다.

◆ ◈ ◆

다음 날.

양천에서는 환자들의 치료가 한창이었다.

나는 감염자를 돌보다 다가오는 상혁이에게로 시선을 돌렸다.

"왔어? 허산은 별다른 움직임이 없고?"

허산이 연구실로 들어간 날. 나는 그의 감시역으로 상혁이를 붙여 놓았다.

"밤을 새우며 연구에만 몰두하더라고. 근데 이거 진짜로 그놈이 뿌린 역병인 거야?"

"십중팔구 그럴 거야. 정확히는 독이겠지만."

지가 독을 뿌리고 해독제를 만드는 꼴이라니. 수많은 나쁜 놈들을 보았지만 허산은 그 궤를 달리했다.

"혹여 이상한 낌새가 보이면 바로 나한테 연락해."

지금 당장은 허산을 건드릴 수 없다.

허산의 말대로 해독제는 그만이 알고 있을 테니까.

그러니 일단은 내버려 두되 약이 완성되는 순간 무슨 수를 써서라도 그에게 적합한 처벌을 내릴 생각이다.

"그래, 알았어. 그나저나……."

상혁이는 씁쓸하게 관청을 돌아봤다.

"상황이 심각하네."

관청에는 환자들을 위한 임시 의원(醫院)이 만들어졌다.

밖의 의원에는 왕국 각지에서 모인 일반 환자들이 많아 역병 환자들을 함께 수용할 수 없었기 때문이다.

"생각보다 우물을 사용한 사람이 많아."

"잠깐, 저 간병인들은 무사 같지는 않은데?"

상혁이는 얼굴을 칭칭 감은 간병인들을 가리켰다.

"환자의 가족들이야. 인력이 부족해서 환자가 속한 가구당 한 명씩 간병을 하도록 조치했어."

"괜찮은 거야? 전염성이 있다며?"

"위험하지."

최대한 전염을 막으려는 조치는 해 놓았다.

폐병임을 고려해 최대한 호흡기를 보호했으며 위생에도 철저히 신경 쓰고 있다.

그럼에도 마음이 놓이지 않는 것은 사실이다.

전염성이 얼마나 심각한지 밝혀지지 않은 지금, 민간인을 간병인으로 동원하는 건 옳지 않은 선택이었으니 말이다.

하지만 나로선 어쩔 수 없었다.

"무사들 전부가 환자에만 매달릴 수는 없으니까."

내가 양천에 온 것은 어디까지나 나찰과 싸우기 위함이다.

그렇기에 무사들의 체력 안배도 무시할 수는 없다.

아무리 무사라고 할지라도 쉬지 않고 환자를 보는 건 부담스러울 수밖에 없었으니 말이다.

그 마음을 알기에 상혁이는 조용히 간병인들을 바라볼 뿐이었다.

"컥! 컥!"

여기저기서 환자들의 기침 소리가 울려 퍼진다.

상혁이는 그런 이들을 바라보며 미간을 찌푸렸다.

"한 놈이 벌인 일치고는 굉장히 참혹하네."

"그래, 그러니까 너는 가서 그 미친놈이 이상한 짓 못 하도록 계속 감시 좀 해 줘."

"명령대로 하죠. 우리 대장님."

상혁이가 떠나고 나는 약선님을 찾아갔다. 약선님의 앞에는 수많은 약재가 펼쳐져 있었다.

"듣는 약이 좀 있습니까?"

"쉽지 않구나. 평범한 폐병과는 완전히 다른 모양이다."

"그럼 허산이 해독제를 만들어 오기만을 기다릴 수밖에 없겠네요."

그때였다.

"무슨 짓이냐!"

밖에서 한 무사의 외침이 들려옴과 동시에 날카로운 비명이 날아들었다.

"꺄아아악!"

"뭐, 뭐야?"

당황한 목소리.

나와 약선님은 급하게 연구실을 뛰쳐나왔다.

이내 눈앞에선 간병인들과 의원들의 전투가 벌어지고 있었다.

"무슨 짓입니까! 이게!"

"키야야야악!"

간병인들이 의원의 목과 심장을 칼로 찔렀고 이를 본 무사들이 간병인들을 제압하고 있었다.

모두가 당황한 듯 그 참사를 바라볼 때.

나만이 유일하게 사태의 심각성을 깨닫고 있었다.

"이런 망할! 당장 시체에서 떨어져!"

그러나 이미 늦었다.

죽은 의원들이 목과 심장에 꽂힌 단검을 뽑아 무사들을 찌른 것이다.

"⋯⋯이게 무슨!"

당황한 무사들이 쓰러지고 적이 되어 다시 일어난다.

난 이 사태를 알고 있다.

시체들이 공격을 해 왔던 청신동란.

그때와 완전히 같은 상황이었다.

"산다⋯⋯!"

그녀가 양천에 들어왔다.

◆ ◇ ◆

노을이 져 가는 오후.

금수란은 남편 김윤수와 양천으로 향했다.

약선님이 머무는 시간은 짧았기에 최대한 빨리 찾아뵌 것이다.

그러나 도착한 양천의 상황은 좋지 않았다.

"아이고! 아이고!"

사람들이 길거리에서 오열하고 있다.

"무슨 일이 있나 봅니다."

"네, 서방님."

금수란은 표정을 굳히고 주변을 돌아보다 한 의원을 붙잡고 물었다.

"실례합니다. 무슨 일이라도 생긴 것입니까?"

"밖에서 오셨소? 역병이 돌아서 난리입니다. 중요한 일이 아니라면 떠나시는 걸 추천하오."

역병이라는 말에 금수란의 표정이 굳었다.

무공 고수인 자신은 몰라도 김윤수는 위험할 수밖에 없다.

"역병이랍니다, 서방님. 일단 돌아가시죠."

"흐음."

김윤수는 고심하다 입을 열었다.

"양천에 역병이 돌 줄이야. 그래도 부인, 약선님은 뵙고 가야 하지 않겠습니까?"

"위험합니다."

"지금 뵙지 않으면 또 못 뵐 수도 있습니다."

금수란은 침을 삼켰다.

약선님의 나이로 보나, 남편의 상태로 보나 진짜로 이번이 마지막 기회일 수도 있었다.

"그럼 일단 이서하 선인님이 계신 광명대 병영으로 가시죠."

무사들만 모여 있는 광명대 병영이라면 아무리 역병이 돌아도 안전할 것이다.

"지금 바로 가시……."

그때 앞에서 비명이 들려왔다.

"꺄아악!"

한 무사가 넋이 나간 얼굴로 검을 휘둘렀다.

칼에 맞아 쓰러지는 여인.

이윽고 여인이 일어나 바로 옆에 있는 환자를 물어뜯기 시작했다.

그 모든 것이 너무나도 순식간에 일어나 비현실적으로 다가왔다.

"……!"

그러나 한때 살수로서 살았던 금수란은 위기를 직감했다.

금세 상황 파악을 끝낸 그녀는 바로 남편을 자신에게 끌며 치마 밑에 숨겨 두었던 쇠사슬을 날렸다.

퍽! 하는 소리와 함께 뒤에서 접근하던 무사의 머리가 터져 나갔다.

"……아무래도 오늘 약선님을 뵙기는 힘들 거 같습니다. 서방님."

"그런 거 같군요."

"빠져나가겠습니다."

금수란은 남편을 업은 뒤 사슬로 몸을 감았다.

"조금 불편하시더라도 참아 주세요. 서방님."

"미안하오."

김윤수는 입술을 깨물었다.

이윽고 금수란은 앞을 막는 모든 것을 베어 넘기며 나아갔다.

그러나 이미 퇴로는 막힌 상태였다.

"……."

길이 막힌 것을 확인한 금수란은 인상을 쓰며 활로를 모색했다.

'적이 너무 많다.'

금수란은 어디까지나 암살자.

그것도 대인 전투에 특화되어 있었다.

이렇게 사방에서 적이 달려든다면 실력의 반의반도 낼 수 없다.

더군다나 입고 있는 갑옷으로 추정컨대 눈앞의 무사들은 양천의 수비대, 그리고 철혈대였다.

'단숨에 뚫어야 한다.'

멈추는 순간 그걸로 끝이다.

금수란은 이를 악물고 앞으로 달려 나갔다.

그렇게 무사들의 목을 날리며 앞으로 나아갈 때.

목이 잘린 무사가 김윤수를 고정한 사슬을 잡았다.

"……!"

목이 날아갔음에도 움직이는 무사들.

죽은 자를 상대해 본 적이 없는 금수란이 예측할 수 없는 공격이었다.

'안 돼!'

사자들이 사방에서 검을 내려쳤다.

도저히 막을 길이 없다.

그리고 그때.

"우오오오오오오오!"

한 남자가 달려와 죽은 자들을 베어 넘기며 금수란의 앞에 섰다.

"후우, 후우. 괜찮으십니까?"

이재민.

철혈대의 대장이자 금수란이 죽이려 했던 바로 그 남자였다.

"이재민 선인님……."

"하필이면 수란 씨가 왔을 때 이런 일이 벌어지네요."

이재민이 너스레를 떨 때 금수란이 외쳤다.

"뒤에!"

그러나 이재민은 보지도 않고 사자(死者)를 베어 냈다.

"걱정하지 마세요."

이재민은 처음으로 금수란 앞에서 여유로운 미소를 지어 보였다.

"그때의 약한 제가 아닙니다."

육도검 이재민.

솔직히 처음 의뢰를 맡았을 때 거창한 소문과 달리 별 볼 일 없는 남자라고 생각했었다.

이서하만 없었다면 첫날 그 자리에서 손쉽게 사냥할 수 있었을 정도로.

그러나 지금 눈앞에 있는 이는 그때와는 완전히 다른 사람이었다.

"길을 뚫겠습니다. 제 뒤만 따라오세요."

자신만만하게 말한 이재민은 심호흡을 하며 생각했다.

'난 강하다.'

금수란은 한때 이재민에게 있어 가장 두려운 존재였다.

사슬에 끌려가던 그때 그 순간은 지금도 악몽이 되어 그를 괴롭혔다.

하지만 인생사 새옹지마라고 하지 않던가.

이재민은 두려움을 발판 삼아 자신의 껍질을 깨고 한 단계 더 성장할 수 있었다.

그렇기에 그는 이번 만남을 걱정 반, 기대 반으로 기다렸다.

하나, 기대가 너무 컸던 것일까?

금수란은 자기 남편을 살리기 위해 모든 것을 바친 평범한 여자일 뿐이었다.

그런 여자에게 군인이, 그것도 육도검이라며 무사들의 칭송을 받던 자신이 겁을 집어먹었다는 사실이 창피했다.

"갑니다."

그러니 이번에 보여 줄 생각이다.

예전 그 쓰레기 같던 선인은 이제 없다고.

이재민은 그렇게 사자들을 향해 몸을 던졌다.

샨다.

죽은 자를 일으켜 조종하는 요술을 가진 나찰.

양천을 공격하는 나찰은 바로 그녀였던 것이다. 그리고 그녀를 떠올린 순간 모든 수수께끼가 풀리는 기분이 들었다.

'나찰이 허산을 이용한 셋이구나.'

그의 권력욕을 이용해 이 도시에 시체를 늘린 것이었다.

샨다가 일으킬 수 있도록.

"이런 제길!"

나찰이 양천을 노리고 있다는 것은 이미 알고 있었다.

그러니 생각했어야만 한다.

겉으로는 별다른 움직임을 보이지 않더라도 음지에서 무언가를 꾸미고 있을 수 있다는 것을.

하지만 후회는 사태를 무마한 뒤 해도 늦지 않는다.

나는 무사들을 향해 외쳤다.

"모두 죽은 자들에게서 떨어져! 더 이상 전에 알던 이들이 아니다! 절대 방심하지 마라!"

그러나 쉽지 않다.

이 정신없는 전쟁터에서 동료가 죽는 순간 적이 된다는 걸 완벽하게 인지하고 대처할 수는 없다.

그렇게 동료에게 등을 맡기고 싸우던 무사들이 속수무책으로 당하기 시작했다.

나는 옆에 있는 약선님에게 말했다.

"샨다를 찾아야 합니다. 그 나찰을 찾아야 죽은 자들을 영면에 들게 할 수 있습니다. 제가 가겠습니다."

샨다를 상대로 소모전을 벌일 수는 없었다.

결국 죽는 건 우리 편뿐이니 말이다.

"약선님은 최대한 무사들이 죽지 않도록 한곳으로 모아 지휘를 해 주시길 바랍니다."

"혼자 가도 되겠느냐?"

불행 중 다행히도 샨다는 다른 나찰들에 비해 전투력이 형편없었다.

찾아낼 수만 있다면 그녀를 죽이는 건 어렵지 않다.

그리고 나에게는 육감이 있으니 추적도 어렵지는 않을 터.

"요술이 뛰어난 대신 본신의 힘은 약합니다. 저 혼자서도 충분합니다."

약선님은 고개를 끄덕였다.

"그럼 서두르거라."

"네."

나는 사자들과 싸우고 있는 친구들을 향해 외쳤다.

"정이준! 주지율! 두 사람은 쉬고 있는 철혈대원들에게 가서 나찰이 쳐들어왔다고 알려!"

"넵!"

"아린이랑 민주는 나를 따라와. 그리고 김채아! 허산의 연구소로 간 상혁이에게 상황을 알리고 합류하라고 전해. 그다음에는 이재민 선인과 함께 철혈대를 지휘하도록."

"알겠습니다!"

김채아가 떠나고 민주가 허겁지겁 활을 챙겨 나를 따랐다.

"이번에는 꼭 죽인다."

사랑하는 사람과 싸우는 불쾌한 경험은 이길로 끝이다.

그렇게 관청을 떠나 샨다를 잡으러 갈 때였다.

피비린내 나는 살기에 나의 고개가 절로 돌아갔다.

"어디를 그렇게 급하게 가시는가?"

가슴까지 오는 장검을 지팡이처럼 짚으며 들어온 남자는

삿갓을 벗어 던졌다.

흰 백발, 이마에 돋아난 마치 용과 같은 뿔.

눈을 감은 나찰은 미소와 함께 말했다.

"현시대의 태양. 이서하."

그 순간 그를 발견한 무사들이 외쳤다.

"나찰!"

"나찰이다! 제거해!"

철혈대, 양천의 수비대 할 것 없이 모두가 남자에게로 달려
들었다.

나찰을 보고도 겁먹지 않은 것은 칭찬한다.

그러나 그것은 악수였다.

"안 돼!"

나의 외침이 그들에게 닿기도 전.

나찰이 장검을 뽑아 들었다.

그리고 그 순간 달려들던 무사들의 가슴에 구멍이 뚫렸다.

보이지도 않았다.

그저 나찰이 내뿜은 기에 절정 고수들이 한 방에 절멸한 것
이었다.

이윽고 심장이 사라진 무사들은 샨다의 종이 되어 되살아
났다.

"……!"

남자는 나를 바라보며 말했다.

"난 위대한 일곱 혈족."

또다시 위대한 일곱 혈족이 나타났다.

"로라고 한다."

온몸에 털이 솟는다.

위대한 일곱 혈족. 로.

직접 전투해 본 적은 없으나 나는 그 이름을 익히 들어 알고 있다.

제국에서는 그를 이렇게 불렀다.

'지상 최강의 검사.'

당시 제국의 내로라하는 고수들을 단칼에 베어 낸 존재.

"태양이 떨어질 시간이 되었다."

재앙이라 불리던 존재가 내 앞에 나타났다.

회귀 전, 멀리서나마 직접 전투를 볼 수 있었던 위대한 일곱 혈족은 총 넷이었다.

시그마, 엡실론, 베타, 그리고 알파.

그에 반해 람다와 오미크론, 로의 전투는 본 적이 없다.

다만 소문을 통해 어느 정도 간접적인 비교는 가능했다.

로와 알파의 전투를 모두 목격한 한 무사는 두 나찰의 실력이 비슷하다고 말한 적이 있었다.

133

그렇다면……

"모두 관청에서 떠나라!"

무사들은 신속히 자리를 벗어나야 했다.

절정이든, 초절정이든.

로에게는 손가락 하나로도 쉽게 죽일 수 있는, 개미와도 같은 미물에 다름없으니 말이다.

나의 외침에 철혈대는 빠르게 반응했다.

그 어떤 순간에도, 어떤 불합리한 명령이라도 따르는 것.

그것이 정예라고 불리는 자들이다.

철혈대가 약속이라도 한 듯 흩어지자 로가 미소 지었다.

"부하라도 살리려는 것인가?"

그리고는 다시금 검을 뽑는다.

"헛수고다."

검풍이 다시 한번 몰아친다.

휘파람과도 같은 바람 소리와 함께 철혈대의 무사들이 쓰러지기 시작했다.

전멸이었다.

단순한 검풍(劍風)에 절정 수준의 고수들이 전부 쓰러졌다.

이윽고 이들은 샨다의 종이 되어 일어났다.

그토록 오랫동안 훈련시킨 정예가 한순간에 적으로 돌아선 것이었다.

"망할!"

안일했던 과거의 결정이 후회되지만 이미 벌어진 일은 돌이킬 수 없다.

그렇다면 이젠 내가 막아야 한다.

충분히 할 수 있을 것이다.

이미 위대한 일곱 혈족 중 하나를 이겨 본 적이 있지 않은가.

나는 극양신공을 발동하며 약선님에게 말했다.

"약선님은 안전한 곳으로 대피해 주세요."

"괜찮겠느냐?"

"괜찮습니다. 이미 위대한 일곱 혈족을 이겨 본 적이 있습니다."

약선님 또한 고수로 이름이 알려졌지만 로와의 싸움을 도와 달라고 하기에는 너무 위험 부담이 컸다.

약선은 이 나라 의술의 중심.

나찰과의 전면전을 위해서 꼭 살아 계셔야만 하는 분이다.

약선님이 한 발짝 물러나고 나는 아린이에게로 시선을 돌렸다.

"아린아, 이번에도 부탁할게."

지금 내 실력으로 로를 이길 수 있는 방법은 한 가지.

오미크론을 상대했을 때처럼 기회를 엿봐 이멸나선(裏滅螺旋)을 꽂아 넣는 수밖에 없다.

"오미크론 때처럼 간다."

나의 말에 아린이가 환하게 웃었다.

"그래. 나만 믿어."

아린이는 묘하게 기쁜 듯 미소를 짓더니 음기 폭주를 일으켰다.

윤기 나는 은발의 머리가 찰랑거리며 주변 공기가 차갑게 식는다.

아린이가 뿜어내는 푸른빛의 음기가 눈에 보일 정도로 선명할 정도다.

진작에 폭주해도 이상하지 않을 정도의 기운이었으나 그녀는 밝은 목소리로 말했다.

"가자. 서하야."

나는 민주에게 눈빛을 보낸 뒤 달려 나가는 아린이의 뒤를 따랐다.

이윽고 사정거리 안에 들어가자 로가 장검을 휘둘렀다.

그리고 그 순간.

촤악!

"……!"

로의 장검이 아린이의 가슴을 베었다.

"어?"

귀혼갑(鬼魂甲)이 찢어졌다.

그것도 음기 폭주를 최대로 발동한 아린이의 귀혼갑이 말이다.

"얕군."

로는 그렇게 중얼거리며 장검을 횡으로 휘둘렀다. 아린이는 양팔을 들어 막았고 이번에는 다행히 귀혼갑이 그녀를 지켜 주었다.

그러나 아린이는 충격을 이기지 못하고 담장을 부수며 날아갔다.

"아린아!"

"친구를 신경 쓸 겨를이 있는가?"

아린이에게 시선이 돌아간 찰나.

로가 바로 내 앞까지 와 있었다.

두근!

위대한 일곱 혈족을 처음 봤을 때의 공포가 다시금 나를 집어삼켰다.

죽음이 눈앞에 있는 것만 같다. 두려움에 모든 감각이 마비되는 것만 같다.

그러나 멍청하게 서 있을 수는 없다.

"우오오오오오!"

나는 괴성을 지르며 두려움을 떨쳐 내고 천광을 휘둘렀다.

낙월검법(落月劍法), 천양겁화(天壤劫火).

스스로의 두려움을 태워 버리듯 내 주변으로 황금빛 불꽃이 치솟았다.

그러나 로는 무표정히게 장검을 휘둘렀다.

챙!

손이 저려 금방이라도 천광을 놓칠 것 같다.

한 번, 한 번 검이 부딪칠 때마다 뼈에 금이 가는 것만 같은 기분이었다.

지상 최강의 검사.

화경 이상의 고수가 즐비한 제국에서도 막을 수 없었던 살아 있는 재앙.

'나는…….'

무기력하다.

그러나…….

'기회는 올 것이다.'

정신을 똑바로 잡자.

아무리 로가 괴물 같다 하더라도 나에게도 믿는 구석은 있었다.

바로 박민주의 천리사궁이었다.

'준비가 끝났군.'

민주가 하늘 위로 쏜 철시(鐵矢)가 빙글빙글 돌다 로를 향해 방향을 틀었다.

이윽고 화살이 사방에서 로를 덮쳐 왔다.

아무리 로가 고수라고 할지라도 틈이 생길 수밖에 없을 터.

허나, 당황할 거라는 예상과 달리 로는 마치 뒤에도 눈이 달린 것처럼 민주의 화살을 피했다.

"어?"

민주가 당황하는 순간 로가 품에서 단검을 꺼냈다.

"귀찮게 하는군."

그리고는 민주를 향해 던졌다.

"······!"

민주가 반사적으로 팔을 들었고 단검은 그녀의 어깨와 양팔에 꽂혔다.

"꺄악!"

망할. 치명상은 아니더라도 이제 민주에게 지원을 기대할 수는 없다.

그렇기에.

'지금뿐이다.'

원한 만큼은 아니었으나 찰나의 틈은 만들어졌다.

아린이와 민주가 이탈한 이상 두 번 다시는 이런 기회조차 오지 않을 가능성이 컸다.

무슨 일이 있어도 이번 공격을 성공시켜야만 한다.

나는 천광까지 버리며 로의 가슴으로 파고들었다.

혈인내멸신공(血刃內滅神功).

이멸나선(裏滅螺旋).

맞아라.

나와 함께 나찰을 찢어 죽일 수 있도록.

그렇게 나의 손이 로의 가슴에 닿으려는 순간.

로가 기다렸다는 듯 몸을 뒤로 뺐다.

"역시……."

로는 비릿한 웃음과 함께 말을 이었다.

"오미크론 때와 같은 기술이군."

"……!"

혈인내멸신공을 알고 있다.

어떻게?

그러나 그 의문에 대한 답을 생각할 새도 없이 로의 소태도가 내 목을 향해 날아들었다.

어떻게든 목이 절단되는 것만은 막아야 한다.

내가 적오의 심장에 대해 아는 건 회복을 시켜 준다는 것뿐.

목이 잘려도 살려 줄 것이라고 기대하기엔 무리가 있었다.

그럴 가능성도 낮았으며, 불사라 일컫던 진명조차도 목이 잘리면 죽지 않았는가?

어떻게든 이번 공격을 막아 내야만 했다.

하지만 어떻게?

이미 자세는 무너졌고 로의 공격은 빨랐다.

'망할!'

그렇게 눈을 질끈 감는 순간이었다.

"멍청한 녀석 같으니라고."

허리가 당겨지는 느낌과 동시에 로의 소태도가 내 목을 스치며 지나갔다.

내 허리를 감고 있는 크고 따뜻한 손.

그 주인은 다름 아닌 나의 스승 약선님이었다.

"너네 할애비 따라가려면 아직 멀었다, 이놈아. 싸움 중에 눈을 감는 머저리가 어딨더냐?"

"······스승님."

"물러나 있거라. 지금부터는 내가 맡으마."

약선님의 몸이 황금빛과 은빛으로 빛나고 있었다.

Chapter 105.

"괜찮습니다. 이미 위대한 일곱 혈족을 이겨 본 적이 있습니다."

약선은 고개를 끄덕이며 뒤로 물러났다.

그러나 제자의 말대로 안전한 곳에 대피해 있을 생각은 없었다.

느껴지는 기운으로 짐작컨대 상대는 일반적인 니찰이리 볼 수 없었다.

'강진 형님이 와야 붙어 볼 만하겠구만.'

부신이라 불리는 절혈 이상진과 빗댈 수 있는 존재.

저런 핏덩이들이 상대할 수 있는 수준이 아니었다.

허운의 시선이 자신의 제자에게로 옮겨 갔다.

'우라질 놈. 벌벌 떨면서 잘난 척하기는.'

역시나 예상대로.

당당하게 말한 것치고는 몸의 떨림을 주체하지 못하고 있다.

그럼에도 물러서지 않고 검을 굳게 잡으며 의지를 불태운다.

마치 다음을 기약할 생각 따윈 없다는 듯이.

'이제 막 약관을 넘긴 녀석이······.'

이서하.

저 아이를 처음 봤을 때 느꼈던 감정은 이질감이었다.

어떨 때는 덜떨어진 둔재같이 너무나도 평범하면서도, 어떨 때는 세상 다 산 노인네처럼 행동했으니 말이다.

또한 좀체 속내를 드러내지 않았기에, 한때는 음흉한 존재일지 모른다고 의심한 적도 있었다.

그럼에도 생사침술을 가르친 것은 자신이 가장 중요하게 여기는 미덕 두 가지를 이서하가 지니고 있었기 때문.

그것은 바로 선(善). 그리고 선(善)을 행하기 위한 큰 뜻이었다.

이를 믿고 생사침술을 전수하기로 결정했고, 이서하는 그때의 선택이 틀리지 않았음을 증명해 보였다.

물론 마음에 차지 않는 것은 여전했지만 말이다.

그런 제자가 스스로를 사지에 내던지려 하고 있었다.

약선은 서둘러 침통을 꺼냈다.

"조금은 버티겠지."

현 왕국 최강의 무사라고 불리는 놈이다.

준비가 끝날 때까지는 버텨 주겠지.

그렇게 기대하며 첫 번째 침을 혈자리에 놓을 때였다.

쾅! 하는 소리와 함께 아린이가 날아가 담벼락에 처박혔다.

"……이런 염병할."

아무래도 오래 버티지는 못할 것만 같다.

약선은 서둘러 나머지 혈자리에도 침을 놓기 시작했다.

생사침술(生死鍼術), 신체도식(身體圖式) 조작, 개문(開門).

21개의 혈자리에 장침을 꽂자 십이경(十二經)과 기경팔맥
(奇經八脈)이 완벽하게 열렸다.

"후우."

이윽고 양기와 음기가 서로 경쟁하듯 요동치기 시작했다.

약선은 음양조화신공으로 두 기운을 하나로 뭉쳤다.

그러자 그의 몸에서 황금빛 기운과 은빛 기운이 하나로 합
쳐져 한 줄기 거대한 섬광을 만들었다.

준비는 끝났다.

약신은 죽을 위험에 처한 제자에게로 달려가 허리를 잡아
끌었다.

"멍청한 녀석 같으니라고. 너네 할애비 따라가려면 아직
멀었다, 이놈아. 싸움 중에 눈을 삼는 머서리가 어딨느냐?"

멍청한 얼굴로 올려 보는 제자.

"……스승님."

"물러나 있거라. 지금부터는 내가 맡으마."

"그 침은 무엇입니까?"

"걱정하지 말거라."

약선이 대수롭지 않게 넘어가자 로가 대신 설명해 주었다.

"십이경(十二經)과 기경팔맥(奇經八脈)을 전부 개문(開門)했군."

이서하는 눈을 동그랗게 뜨고 약선을 바라봤다.

"그럼 현경의 경지 아닙니까?"

"지금은 그렇지."

인간의 몸으로 오를 수 있는 최고의 경지.

그것이 바로 현경의 경지였다.

"그러니 걱정하지 말고 가서 아린이를 챙겨라. 상처가 깊어 보였다. 지혈이 필요할 게야."

"아, 네."

"그리고!"

약선님은 의미심장한 얼굴로 말했다.

"이번 일이 끝나면 생사침술을 극성까지 가르쳐 줄 테니 시간 빼 두거라."

"……네, 금방 돌아오겠습니다."

약선은 아린에게로 달려가는 제자를 가만히 바라봤다.

"말 안 해 줘도 되는가?"

"뭘 말해 줘?"

"강제로 연 거 같은데. 부작용이 올 거다."

"우라질. 걱정도 태산이네."

약선은 로에게로 시선을 돌렸다.

"내가 괜히 약선이라고 불리는 줄 아느냐? 부작용도 다 다 스릴 수 있으니……."

약선은 단걸음에 로의 앞으로 돌진한 뒤 손바닥을 펼쳤다.

음양조화신공(陰陽調和神功), 양극장(兩極掌).

양기와 음기가 소용돌이치며 로를 밀어냈다.

로는 무표정하게 검으로 막아 내며 약선을 바라봤다.

"현경치고는 약하구나."

"아따, 말 많네. 네 실력 좀 본 것뿐이다, 이놈아."

확실히.

제자가 왜 이 나찰에게 꼼짝없이 당했는지 알 것만 같았다.

"우라질, 내가 이 나이 먹고도 이걸 먹어야 할 줄이야."

약선은 주머니에서 생(生)이라고 적힌 환약 통을 꺼냈다.

"내가 말이다. 괴물 같은 놈들이랑 같이 작전을 나가다 보니까 이게 제 명에 못 살 거 같더라고. 강진 형님은 막 마룡이랑 싸우겠다고 지랄발광을 하지, 유철 형님은 전쟁에 눈이 벌게져서 여기저기 싸우러 다니지. 근데 꼭 나는 데리고 다녀요. 우라질, 지들이 다쳤을 때 치료해 줄 사람이 필요하다며 말이지. 그러다 보니 그 미친놈들이랑 똑같이 강해져야 하겠더라고. 그래서 이 약을 만들었지."

약선이 환약을 입에 넣고 씹는 순간.

그의 기운이 하늘을 뚫을 기세로 넘쳐흘렀다.

"그랬더니 우라질, 지들은 전신(戰神)이니, 무신(武神)이니 아주 꼴값을 떨면서 나는 그냥 약 먹으면 무서워지는 놈이래. 아마 쪽팔려서 그럴 거야……."

처음 이 약을 개발하고 두 사람과 비무를 했을 때를 떠올리던 약선은 호탕하게 웃으며 말했다.

"그 인간들 나한테 한 번 졌거든."

약선의 몸에서 나온 기운이 하나로 모여 한 형상을 이루었다.

"……!"

하늘을 가릴 정도로 거대한 손.

그것은 인간의 기운으로 형상화된 것이라기에는 너무나도 웅장했다.

음양조화신공(陰陽調和神功), 천수장(千手掌).

"하……!"

부유령으로 이를 보던 로는 쓴웃음을 지었다.

"이 시대에 입신경(入神境)을 이룬 인간이 무신(武神) 말고 또 있었을 줄이야."

입신경(入神境).

그야말로 신의 경지였다.

입신경(入神境).

인간의 한계를 벗어나 신의 경지에 들어선 자들에게 붙는 말이었다.

이 경지에 들어서는 인간들은 천 년에 한 번 나올까 말까 하다.

그리고 이 왕국에서 입신경 초입에 들어선 이는 철혈 이강진, 그가 유일하다는 보고가 있었다.

그러나 눈앞의 남자.

약선 또한 그 벽을 깬 것이다.

'인간들이란…….'

한계를 모르는가.

100년도 살기 힘든 몸으로 신을 넘보는 존재는 저들이 유일했다. 로는 쓴웃음과 함께 자신을 향해 떨어지는 천수장을 베었다.

쩌엉! 하는 굉음과 함께 약선의 기운이 주변을 초토화했다.

이윽고 약선이 돌진해 오는 것이 보였다.

약선의 손과 로의 장검이 부딪칠 때마다 지축이 흔들렸다. 양기와 음기가 소용돌이치며 로의 피부를 찢어발겼다.

신들의 전두는 인간이 만든 모든 것을 흔적도 없이 사라지게 만들었다.

'어째서 이런 인간들이 계속 나오는가?'

과거 로의 혈족은 그저 변방의 작은 무리였다.

위대한이라는 칭호를 얻기에는 너무나도 초라했고 미래 또한 암울했다.

바로 로의 혈족에게 주어진 요술 때문이다.

부유령(浮游靈).

이는 유용한 요술이었지만 전투와는 다소 거리가 멀었기 때문이다.

그렇기에 로의 혈족은 오랫동안 정착할 수 없었다.

조금만 땅을 일구고 마을을 만들면 다른 혈족이 그들을 쫓아내고 정착지를 빼앗았기 때문이다.

매일이 피난과 새 땅을 일구고 빼앗기는 것의 연속.

로는 그것이 싫었다.

그리고 어느덧 로가 혈족의 수장이 되었고, 이에 모든 혈족원들을 모아 놓고 그간 품어 왔던 생각을 밝혔다.

"힘을 합치면 우리는 더 강해질 수 있다."

군대를 만들 생각이었다.

"모든 혈족원들은 들어라. 우리의 요술은 하찮다. 그러나 이를 잘 사용한다면 적을 요격할 수 있을 것이다."

부유령(浮游靈).

한 사람이 사용한다면 그저 정찰 그 이상의 효과를 낼 수 없다.

그러나 수십 명 사용한다면 어떨까?

적의 움직임을 훤히 내려다보며 대응할 수 있을 것이었다.

"훈련을 통해 다른 혈족과의 싸움에서 더 효과적으로, 수적 우위를 점한다면 우리는 승리할 수 있을 것이다."

로의 말에 그의 혈족은 훈련을 거듭했다.

그리고 100년 후.

로의 혈족은 당시 제국에서 가장 큰 세력을 가지고 있던 일곱 혈족 중 하나가 되었다.

그리고 얼마 지나지 않아 전쟁이 터졌다.

전쟁 초기, 로는 인간들을 우습게 보았다.

100년도 못 사는 이들이 아무리 단련을 해 봤자 얼마나 강하겠는가?

나찰과는 타고난 재능도 다르며 요술조차 가지고 있지 않다.

그러나 인간들은 승리를 위해 모든 것을 바쳤다.

이들은 스스로 거대한 사회의 일부분이 되는 걸 기뻐했고 기꺼이 목숨마저 내놓았다.

오직 혈족 위주로 뭉쳐 대응하던 나찰과 달리 인간들은 오직 한 가지 목표를 위해 자존심, 원한 깊은 것들을 모두 버린 것이었다.

이는 나찰이 결코 따라 할 수 없는 인간만의 광기였다.

로는 다른 혈속을 상대하던 대로 정보의 우위를 점하며 싸웠으나 결국에는 대(對)나찰 전용 무공까지 개발되며 모든 것을 잃었다.

혈족 모두가 죽은 전장에서 로는 자신의 오만함을 깨달았다.

'개인은 약하다.'

그러나 혈족을 모두 잃은 지금 후회해 본들 무슨 소용이 있을까.

홀로 살아남게 된 로에게 있어 사는 것은 고통의 연속이었고, 하루가 지날수록 고독과 후회로 정신이 무너져 갔다.

끊임없는 괴로움에 몸부림치던 로는 여타 나찰들과 마찬가지로 분노의 화살을 인간에게로 돌렸다.

그것이 제정신을 유지하고 삶에 의미를 부여할 수 있는 유일한 방법이었다.

복수를 다짐하게 된 로는 차가운 현실을 직시하기 시작했다.

'나약한 인간들이 어떻게 나찰을 이길 수 있었는가?'

로는 무공 덕분이라 확신했다.

아무리 수적 우위를 차지했다 하더라도 무공이 없었다면, 그리고 인간의 경지를 벗어난 고수들이 없었다면 나찰은 절대로 패배하지 않았을 것이다.

생각을 마친 로는 혈족의 무덤 앞에서 말했다.

"인정하마."

인간을 무너트리기 위해 로는 그토록 경시했던 그들의 것을 배우기로 했다.

그때부터 로는 닥치는 대로 무공서를 모아 수련하기 시작했다.

기를 운용하는 법을 배우고 그것을 나찰에 맞게 바꾸어 갔다.

또한 요술을 단련하기 위해 자신의 두 눈을 파내었다.

시각을 버리고 부유령으로만 세상을 보기 위함이었다.

하나의 감각을 포기하자 다룰 수 있는 부유령의 수도 늘어났다.

처음 한 기였던 것이 지금은 열 기까지.

열 기의 부유령이 보는 것을 무리 없이 받아들일 수 있게 된 순간 로에게서 사각(死角)이 사라졌다.

그 위치에 도달했을 땐 복수를 다짐한 때로부터 오백 년의 시간이 흐른 뒤였다.

입신경의 경지에 오른 로는 확신했다.

인간 중 자신의 적수는 없을 것이라고.

그러나 인간은 언제나 예상을 초월했다.

지금 눈앞의 노인처럼.

그러나 복수를 다짐한 후 단 한 번도 인간을 우습게 본 적이 없었기에 놀랍지 않다.

로는 약선에게서 물러나며 말했다.

"얼마나 버틸 수 있겠느냐?"

약선이 신의 힘을 얻었다는 건 인정할 수밖에 없다.

그러나 인간의 몸으로 그것을 얼마나 사용할 수 있겠는가?

십이경(十二經)과 기경팔맥(奇經八脈)을 인위적으로 열어

증폭시킨 기는 반드시 부작용을 낳게 될 것이었다.

'버티면 이긴다.'

로에게 사각은 없다.

그 어떤 변화도, 그 어떤 공격도 전부 받아칠 수 있다.

인간이 만든 수천 년의 지혜는 로에게도 있었으니까.

"이런 우라질."

로의 말에 약선은 인상 썼다.

약선은 거리를 벌리는 로를 바라보다 퉤하고 피를 뱉었다.

"자네, 실력에 비해 찌질하게 싸우는구먼. 위대한 혈족이
라며? 계집처럼 요리조리 피하지 말고 화끈하게 붙어 보자."

로는 도발에 반응하지 않았다.

"그럴 이유가 없다."

약선의 움직임은 적응되었다.

어차피 둘 다 입신경.

승부수만 던지지 않는다면 싸움은 쉽게 끝나지 않을 터였다.

"염병. 똑똑하네."

약선은 한숨을 내쉬었다.

멍청한 형님들은 인정할 수 없다며 힘 싸움을 걸어왔었는
데 말이다.

또 수비력은 얼마나 좋은지 그 어떤 변화를 줘도 막아 냈다.

힘으로도 찍어 누를 수 없는 상대.

'저 망할 놈 말대로 내가 먼저 뻗어 버리겠지.'

약선은 잠시 숨을 고르며 옆으로 시선을 돌렸다.

아린의 상처를 치료하다 말고 자신의 전투를 바라보는 이서하.

그런 제자의 멍한 얼굴이 허운의 두 눈에 가득 담겼다.

'여기서 내가 죽으면 저 핏덩이들도 죽겠지.'

약선은 허탈하게 웃으며 주머니에서 환약 통을 꺼냈다.

그것에는 죽을 사(死)가 적혀 있다.

생환(生丸)과 사환(死丸).

이 두 환약을 만들 때 약선은 기준을 세웠다.

무슨 일이 있어도 살아남아야 한다면 생환(生丸)을 먹고.

죽는 한이 있더라도 지켜야 할 게 있다면 사환(死丸)을 먹는다.

그리고 눈앞엔 그가 죽는다 하더라도 지켜야 하는 이가 있었다.

의형제의 손자이자 자신의 유일한 제자.

이서하였다.

"제자 놈 하나 지키지 못하면 스승이라 할 수 없겠지."

약선은 작게 심호흡을 한 뒤 사환을 입에 넣었다.

'그래, 오래 살았어.'

제자도 키웠고 친우들도 대부분 하늘로 돌아갔다.

충분히 오래 살았다.

다만 걱정되는 것은 산 위에서 자신을 기다리고 있을 형님들이었다.

'유철 형님은 내가 해 주는 음식 아니면 잘 안 먹는데 말이야.'

어린애도 아니고 요즘 들어 편식이 더 심해졌다.

그리고 강진 형님.

'……혼자 남겨 놓고 가는 걸 용서하쇼. 형님.'

신유철은 곧 죽는다.

지금 허운이 죽는다면 이강진은 홀로 남는다는 뜻이었다.

외로움과 슬픔은 언제나 남는 자의 몫이다.

그렇게 생각하던 약선은 허탈하게 웃었다.

"우라질, 곧 죽을 놈이 살 놈을 걱정하네."

자기가 생각해도 어처구니없는 생각과 함께 몸이 검은빛으로 물들기 시작했다.

이 세상의 모든 기운이 약선의 몸으로 흘러들어 오기 시작한 것이다.

황금빛의 양기, 은빛의 음기, 붉은 화기, 청색의 한기 등등.

이 모든 기운이 합쳐져 검은빛을 만든 것이었다. 완전히 개방된 십이경(十二經)과 기경팔맥(奇經八脈)에 인간이 담을 수 없는 세상이 요동친다.

입신경의 초입.

인간의 몸으로 신이 되는 입구에 섰던 약선이 한 걸음 더 올라갔다.

"얼마나 버틸 수 있냐고 물었느냐?"

멍하니 약선을 바라보던 로는 차마 대꾸할 수 없었다.

"일다경(一茶頃)."

약 5분의 시간.

"신을 상대해 보거라. 나찰."

그 말이 끝나는 순간 약선이 로를 향해 달려들었다.

"……!"

시각 정보가 뇌에 전달되기도 전에 약선은 로의 앞에 도달했다.

쩌엉!

음양조화신공(陰陽調和神功), 기원장(氣原掌).

만물을 이루는 모든 기운이 약선의 손에 모여 폭발했다.

검은 기운이 로의 몸을 뒤틀었다.

로의 근육이 찢어지며 피부를 뚫고 피가 뿜어져 나왔다.

'모자라다.'

약선은 이를 악물었다.

계산상으로는 일다경을 버틸 수 있을 것이다.

하지만 그 계산은 그가 젊었을 때를 기준으로 한 것이다.

지금은 얼마나 버틸 수 있을까?

'조금 더 빨리.'

로는 공세로 돌아섰다.

단순히 버티다가는 부러진나는 판단이었다.

그렇게 로가 소태도를 내려치는 순간.

약선이 로의 소태도를 손으로 잡은 뒤 박살을 냈다.

챙! 하는 소리와 함께 파편이 흩날린다.

로가 놀라는 것도 잠시 약선은 로의 팔을 잡았다.

"이제 도망칠 수 없을 것이다."

공포에 흔들리는 것도 잠시 로는 잡힌 왼팔을 절단했다.

좋은 대처. 그러나 이제 끝이다.

약선이 로의 얼굴을 향해 주먹을 내질렀다.

그러나 그 순간이었다.

음양조화신공을 사용했음에도 기가 모이지 않는다.

'이런⋯⋯.'

십이경과 기경팔맥이 막히기 시작한다.

몸에 모아 두었던 원기가 전부 증발하는 것이 느껴졌다.

고작 일다경(一茶頃).

그것조차 버티지 못하는가?

'한 번만⋯⋯, 한 번만 버텨 다오!'

약선은 이를 악물고 주먹을 뻗었다.

로는 그 순간에도 포기하지 않고 괴성을 내질렀다.

"우오오오오!"

신들의 싸움은 종장(終章)으로 향해 갔다.

약선님의 강함은 크게 알려진 적이 없었다.

회귀 전에도, 회귀 후에도 약선님은 항상 뒤에서만 지켜볼 뿐.

그 어떤 전투에도 참여하지 않았으니까.

하지만 이제 알겠다.

왜 그가 전투에 참여할 수 없었는지.

'……극양신공과 같구나.'

젊었을 때는 다시 회복할 수 있었을지라도 나이가 든 지금
은 최후의 수단으로 남겨 두어야 하기 때문이다.

나는 침으로 아린이를 지혈한 뒤 두 무신(武神)의 싸움을
바라보았다.

로가 반격하고 약선님이 그의 소태도를 박살 냄과 동시에
팔을 잡는다.

로는 망설임 없이 팔을 잘라 낸다.

그리고 그 순간 약선님의 주먹이 로의 안면을 향해 날아갔다.

싸움의 종장(終章).

약선님이.

나의 스승님이 이겼다.

난 그렇게 확신하며 몸을 일으켰다.

그러나 그 순간 약선님의 눈에서 생기가 빠져나가기 시작
하며 그의 주먹이 느려졌다.

로는 간발의 차로 고개를 옆으로 돌렸고 약신님의 주먹은
힘없이 그의 귀를 스쳤다.

"하아, 하아."

로는 거친 숨을 몰아쉬었다.

허무한 결말.

나는 인정할 수 없었다.

내 스승님이. 압도적으로 나찰을 압도하던 약선님이 찰나를 버티지 못해 패배했다는 것을 결코 인정할 수 없었다.

하지만 그것이 현실이다.

로는 자신을 향해 기대 오는 약선의 몸을 밀어냈다.

"스승님!"

두려움도 없었다.

오직 스승님을 지켜야 한다는 생각뿐이었다.

그렇게 약선님을 받아 들고 멀어지자 거친 숨을 몰아쉬던 로가 입을 열었다.

"그대의 뜻대로 되었군. 약선."

로의 말과 동시에 관청으로 이재민, 김채아, 그리고 상혁이가 들어왔다.

"이게 무슨……!"

상혁이는 현철쌍검을 빼 들고는 로를 노려보았다. 그러나 로는 평온하게 말을 이어 갔다.

"나는 약선과 이 나라의 군의관들을 다 제거했고 그대는 제자를 지켰으니 둘 다 뜻한 바를 이루었다고 할 수 있겠지."

로는 몸을 돌려 관청의 입구로 향했다.

입구의 세 사람이 그를 막기 위해 검을 들었으나 로는 나지막이 말했다.

"비켜라. 모두 죽고 싶지 않으면."

"그런 협박은……."

상혁이가 격하게 반응할 때였다.

"……보내 줘라."

약선님이 겨우 몸을 일으켰다.

"너희가 상대할 적이 아니다."

약선님의 말에 로는 상혁이의 검을 손으로 밀며 관청 밖으로 나갔다.

"그리고 이서하……."

약선님은 아무렇지 않은 듯 몸을 일으켰다.

그러나 나는 알 수 있었다. 스승님의 기혈이 전부 막혀 썩어 들어가고 있다는 것을.

"스승님……."

"우라질, 그딴 감상에 젖지 말고 따라 들어와라."

언제나처럼 거칠게 말한 약선님은 걱정하지 말라는 듯 미소를 지었다.

"너에게 꼭 해 줄 말이 있다."

◆ ◈ ◆

약선님은 관청의 작은 방으로 향했다.

평소라면 크게 의식하지 않았을 걸음걸이였다.

하지만 지금은 가슴 한편이 무거워 도저히 스승님의 뒷모습을 바라볼 수 없었다.

한 발짝 한 발짝 신중하게 걷는 모습에서 애써 티를 내지 않으려는 마음이 엿보였기 때문이다.

어떻게든 제자에게 짐을 지우지 않으려는 스승의 배려.

이를 무시할 수 없었기에, 나는 슬픔을 억누르며 묵묵히 뒤를 따랐다.

그렇게 집무실에 도착하자 약선님이 의자를 권했다.

"앉거라."

그리곤 집무실 구석으로 향해 작은 상자 하나를 꺼내 돌아오더니 내게로 건넸다.

상자 안에는 책 한 권이 들어 있었다.

"이것이 무엇입니까?"

"멍청한 놈. 보면 모르겠느냐? 생사침술의 비급서다."

"비급이라면 이미 주시지 않으셨습니까?"

일전 비급의 복사본이라며 빨리 외우고 태워 버리란 말과 함께 전달해 준 적이 있지 않은가?

그런 의문까지 예상하셨는지, 약선님은 힘겹게 의자에 앉으며 답을 꺼내셨다.

"이전에 준 것은 양천 허씨의 직계라면 모두 배우는 일반

15

적인 생사침술이다."

"그렇다면······."

"그래, 이것이 바로 이 나라 약선에게만 허락된 진본이니라."

이게 왕국의 약선에게만 허락된 진본이라고?

겉장의 색이 다 바래고 해진 이 서책이?

받아들이지 못한 채 멍하니 바라보고 있자 약선님이 혀를
찼다.

"쯧쯧쯧, 고민할 시간이 있더냐? 어서 펼쳐 보거라."

약선님의 재촉에 나는 서책을 펼쳐 보았다.

비급서.

흔한 삼류 무사를 최고수 반열에 올려 줄 정도로 고강한 무
공과 심법 등이 담겨 있는 희대의 보물.

일반적인 비급도 그러한데, 왕국의 약선에게만 전해져 내
려오는 비급이라면 두말할 가치도 없었다.

내가 알지 못하는 생사침술의 비기가 가득 적혀 있을 테니
까 말이다.

그런 기대와 함께 겉장을 넘겨 누렇게 변질된 내부를 마주
하게 뒤 순간.

"이, 이건······!"

예상과 다른 당혹감이 밀려들었다.

본질적인 내용은 기존에 접했던 것과 크게 나를 바 없었다.

하지만 그 위를 빼곡하게 덮고 있는 수많은 흔적들.

수시로 잘못된 부분을 수정하고 첨언하며 고친 흔적들이었다.

게다가 약선님이 기입한 것으로 보이는 새로운 이론도 많이 있었다.

비급에 고정되어 있던 시선을 간신히 떼어 내 약선님을 바라보자, 그는 잔잔한 미소를 머금어 보였다.

"왜, 희대의 비기를 예상했는데 아니라 당황스러우냐?"

"그것도 그렇지만…… 이 고친 흔적들은 모두 무엇입니까?"

"네가 배운 것은 생사침술의 기본일 뿐이다. 심화 과정은 전부 그 안에 있다."

약선님은 진중한 얼굴로 말을 이어 갔다.

"모든 무공은 대를 이어 발전하기 마련이다. 생사침술 역시 그러하지. 틀린 것이 발견되면 고치고 또 고쳐 지금껏 보완해 온 것이다. 하지만 여전히 불완전하지. 그러니 너는 생사침술을 완성시키는 데 힘쓰도록 하거라. 내가 그러했듯이."

"……왜 저입니까?"

이해할 수가 없었다.

이 귀중한 것을 왜 나에게 건네주는 것일까?

"저는 의술에 재능이 없습니다. 스승님도 항상 그리 말씀하시지 않았습니까?"

의술에 뛰어난 재능도 없었으며 배우는 것이 느려 매일 구박만 받던 나다. 나에게는 이 위대한 비급을 고칠 능력도 자격도 없다.

그러자 약선님이 인자한 미소와 함께 말했다.

"일전에 네가 물은 적이 있었지. 왜 너를 제자로 택했냐고. 사실 그 이유가 있었다."

"그게 무엇입니까?"

"네가 멍청해서다."

농담할 때가 아니었기에 나는 멍하니 약선님을 바라봤다. 약선님은 얼빠진 내 표정에 껄껄 웃었다.

"너는 멍청할 정도로 올곧았단다. 그 어떤 상황에도 변명하는 것 없이 옳은 일을 위해 목숨을 걸었지. 하지만 언제나 위태로워 보였다."

나는 언제나 나 자신을 한계까지 밀어붙였다.

그걸 알아봐 주고 계셨구나.

고개를 숙이자 약선님이 내 머리 위로 손을 올렸다.

"난 너처럼 올곧은 자가 힘을 가지고 위에 서야 한다고 생각한단다. 그러니 더 강해지거라. 내가 준 생사침술로 너의 뜻을 반드시 이루거라."

그리고는 두 개의 환약 통을 꺼내 나에게 건넸다.

"생(生)은 삶을 위해, 사(死)는 죽어도 지켜야 할 신념을 위해 사용하거라."

약선님은 씁쓸하게 웃었다.

"너라면 이 힘을 옳은 일에 사용할 수 있을 거라 믿는다."

그리고는 등받이에 기대 거친 숨을 내쉰다.

넝마가 된 약선님의 단전과 기혈에서 선천진기마저 빠져나가는 것이 느껴졌다.

"스승님……!"

난 벌떡 일어나 약선님의 맥을 짚었다.

이대로 가면 돌아가실 것이 분명했다.

그렇게 놔둘 수는 없다.

나는 바로 침을 꺼냈다.

약선님은 그런 나를 보며 헛웃음을 지었다.

"소용없는 짓 하지 말아라. 편안하게 갈 생각이니."

"싫습니다!"

회귀 전, 내가 약했기에 소중하게 생각했던 사람들 모두가 죽었다.

그것을 평생 후회했다.

내가 병신만 아니었다면.

매일 한 시진이라도 더 수련에 임했다면 달라졌을까?

그래서 최선을 다했다.

다시 살게 된 인생에서는 나라는 그늘 아래서 모두가 편히 쉴 수 있도록.

그러나 나는 또 실패했다.

"늦었다니까 그러네."

"생사침술은!"

나는 약선님을 쳐다봤다.

스승님의 눈에서 생명의 빛이 희미해져만 간다.

"……죽은 자도 살릴 수 있다고 하지 않으셨습니까?"

"내가 언제 그런 말을 했느냐? 죽은 자를 살릴 방법은 없다."

"그래도 상관없습니다. 왜 약속도 안 지키고 포기하시려는
겁니까? 생사침술을 극성까지 가르쳐 준다고 하지 않으셨습
니까? 의원은 절대 포기하지 않습니다. 절대로……."

빠져나가는 기를 막는다. 선천진기가 빠져나가는 것만 저지
할 수 있다면 약선님의 상태가 더 악화되는 건 막을 수 있다.

그렇게 침을 놓자 약선님이 혀를 차며 말했다.

"우라질."

그리고는 몸에 힘을 빼며 눈을 감는다.

"멍청한 제자 놈 때문에 편하게도 못 죽네. 그래도……."

약선님은 미소와 함께 눈을 감았다.

"네놈이 내 제자라 다행이었다. 서하야."

그것이 약선님의 마지막 말이었다.

생사침술의 비급을 품속에 넣은 나는 관청에서 걸어 나왔다.

노가 떠나고 얼마 지나지 않아 죽은 자들은 움직임을 멈추
었다.

샨다까지 떠났다는 뜻이었다.

그렇게 시체로 가득 찬 관청의 안뜰.

몸을 가누고 있던 아린이가 벌떡 일어나더니 나에게로 달려왔다.

"서하야. 약선 할아버지는? 괜찮으시지? 그렇지?"

아린이도 보았을 것이다.

약선님의 몸에서 선천진기가 새어 나가는 것을.

나는 입술을 깨물었다.

"……숨은 붙어 있으셔."

"다행이다."

"아니, 다행은 아니야."

아직 갈 길이 멀다.

"겨우 숨만 붙여 놓은 상태니까."

혈맥을 막아 선천진기가 새어 나가는 것은 막았으나 약선님은 정신을 차리지 못했다.

약선님이 하신 말씀대로 나는 스승님이 편하게 죽을 수도 없게 만든 것이었다.

몹쓸 짓을 한 것은 아닐까?

그러나 그냥 보낼 수 없었다.

제자이기에, 그리고 의원이기에.

스승님을, 살릴 수 있는 환자를 포기하는 건 있을 수 없는 일이었다.

나는 한 걸음 떨어져 주먹을 쥐고 있는 상혁이에게 말했다.

"상혁아, 수도로 가서 황현 할아버지에게 이 사실을 전해 줘. 우리 할아버지가 알아야 할 거 같아서."

"……바로 출발할게."

상혁이는 뒤도 돌아보지 않고 수도를 향해 달리기 시작했다.

그러자 아린이가 조심스럽게 물었다.

"일어날 수 있으시지?"

"……일어날 수 있을 거야."

아니, 일어날 수밖에 없게 만들 거다.

"무슨 수를 써서라도."

이미 그 방법은 알고 있으니까.

며칠 뒤.

살아남은 철혈대는 사망자들을 모아 한곳에 묻었다.

의원들의 9할이 죽었고 양천 전체 인구의 5할이 사망했다.

도시가 궤멸되었다고 볼 수 있을 정도였다.

그렇게 양천을 수습한 지 얼마 지나지 않아 철혈 이강진과 선왕 신유철이 양천에 도착했다.

"오랜만에 뵙습니다. 할아버지."

할아버지는 고개 숙인 내 머리에 손을 올렸다.

"운이가 당할 정도라면 네가 어쩔 수 없는 상대였다. 자책하지 말거라."

선왕 전하 역시 말없이 다가와 나의 등을 토닥여 주었다.

"운이는 어딨느냐?"

"안에 계십니다."

"그래."

할아버지와 선왕 전하는 약선님을 묵묵히 내려다보았다.

상실감에 그 누구도 쉽사리 입을 열 수 없었다. 슬픔인지 분노인지 모를 감정의 소용돌이가 방 안을 가득 채운다.

그렇게 한참 동생의 얼굴을 바라보던 선왕 전하가 말했다.

"운이는 어떤 상태인 것이냐?"

"죽지도, 그렇다고 살았다고 하기도 어려운 상태입니다."

"죽지 않았다……."

할아버지는 그렇게 중얼거리더니 확신을 담아 물었다.

"살릴 방도가 있다는 듯이 들리는구나."

"네, 방법이 있습니다."

그러자 신유철 선왕 전하가 벌떡 일어나며 물었다.

"지금 당장 말해 보거라!"

기대 가득한 얼굴.

이에 나는 잠시 머뭇거릴 수밖에 없었다..

내가 생각해도 성공 확률이 거의 없는 일이었기 때문이다.

하지만 약선님을 살릴 수 있는 유일한 방법이다.

가능성이 무(無)가 아닌 이상, 무조건 시도해 봐야 한다.

"산족이 가지고 있는 영약을 얻어 오는 것입니다."

산족이라는 말에 두 분의 표정이 굳었다.

"생원과라는 열매가 있다고 합니다. 이를 먹으면 몸이 얼마나 망가졌든 가장 이상적인 상태로 되돌려 준다고 합니다."

"……그래, 들어 본 적이 있구나."

선왕 전하는 의자에 앉으며 한숨을 내쉬었다.

"운이가 나에게 가장 필요하다던 바로 그 과일이구나."

금수란 씨도, 약선님도 얻을 수 없었던 바로 그 신비의 영약.

결코 쉽게 구할 수는 없을 것이었다.

두 분의 낯빛이 어두운 것도 그 때문이겠지.

하지만 난 포기할 생각이 없다.

"제가 직접 가지러 갔다 오겠습니다."

확률은 극히 낮다.

무엇보다 서둘러야 한다.

혈맥을 막아 선천진기의 유출을 막고는 있었으나 그것도 임시방편일 뿐.

실제로 조금씩 혈맥이 뚫리기 시작했나.

"한 달 안에 다녀오겠습니다."

그러자 할아버지가 벌떡 일어났다.

"같이 가자꾸나."

시선은 아직도 약선님에게 고정된 상태로 할아버지는 살

기를 내뿜었다.

"그 생원과라는 것을 주지 않겠다고 하면 힘으로 뺏으면
되는 일 아니냐?"

그건 안 된다.

산족까지 적으로 돌릴 수는 없으니까.

그리고 무엇보다 할아버지가 함께 갈 수 없는 이유가 있다.

"할아버지께는 다른 일을 부탁드리고 싶습니다. 더 중요한
일을요."

"내 동생을 살리는 것보다 더 중요한 일이 무엇이 있겠느냐?"

"국왕 전하를 지키는 일입니다."

양천은 몰락했다.

군의관이 사라진 지금 나찰의 다음 목표는 고민할 필요도
없었다.

바로 이 나라의 수도.

늦든 빠르든 국왕 전하를 노릴 것이다.

"위대한 일곱 혈족이라는 나찰들이 이 왕국에 들어왔습니
다. 그리고 이 양천의 비극은 이들 중 하나가 일으킨 것입니다.
하나는 제국에서 죽였지만 아직 여섯이나 더 남았습니다."

샨다도 함께였으나 사실상 로 혼자 이 참극을 만든 것이나
다름없었다.

"이들 모두가 수도를 공격한다면 우린 막을 수 없습니다."

백성엽이 신평과 해남을 지원하고 있다.

아무리 수도에 고수가 많더라도 위대한 일곱 혈족 앞에서는 한낱 허수아비에 지나지 않을 것이다.

"그러니 부탁합니다, 할아버지. 국왕 전하를 지켜 주세요."

중심을 잃으면 왕국이 무너진다.

할아버지는 미세하게 몸을 떨다 이내 고개를 끄덕였다.

"그러마."

청신은 왕가를 보호하는 방패.

"감사합니다."

"그럼 나도 손자를 지키러 가 봐야겠구나."

선왕 전하는 지팡이에 의지해 몸을 일으키며 나에게 말했다.

"그러니 내 동생을 꼭 좀 살려 다오. 서하야."

"……반드시 해내겠습니다. 그럼 출발 준비를 하겠습니다."

밖으로 나오자 광명대원들과 이재민이 있었다.

"이제부터 우린 산족을 만나러 간다."

이미 설명을 끝낸 뒤였기에 모두가 고개를 끄덕였다.

"이재민 선인님은 남은 철혈대와 함께 양천의 치안을 유지해 주세요. 군이 떠나면 무슨 일이 일어날지 모릅니다."

"괜찮겠어? 산족은 호전적이라고 들었는데."

"그러니 최소한의 인원만으로 가는 겁니다. 군대를 몰고 가는 건 오히려 그들의 심기를 불편하게 만들 뿐이니까요. 정이준, 김채아 선인도 철혈대와 함께……."

"아니, 난 따라갈 겁니다. 광명대 막내라고 할 때는 언제고

떼 놓고 가려고 합니까?"

"맞습니다! 어딜 버리고 가려고!"

나는 고개를 끄덕였다.

"그래. 하지만 가면 죽을 수도 있다."

그러자 정이준이 슬쩍 손을 내린다.

"저는 그럼 철혈대와 함께……."

김채아가 황급히 그의 입을 막았다.

"뭐라고요? 목숨을 걸고 꼭 임무를 성공시키겠다고요? 우
리 선배님 멋지네."

그렇게 정이준이 끌려가고 나는 다시 친구들에게로 고개
를 돌렸다.

그러자 지율이가 입을 열었다.

"그런데 산족과는 어떻게 접촉할 생각이야? 인간들의 침입
을 달가워하지 않는다고 들었는데."

"하지만 아미숲의 도적단은 받아 줬잖아. 대화를 해 볼 수
는 있을 거야."

금수란이 했던 것처럼 몰래 들어가는 것보다 이편이 더 쉬
우리라.

"아미숲 도적단의 경우를 보아 약자에게는 자비를 베풀기
도 한다는 걸 알 수 있어. 그러니 일단 그 동정심을 이용해 접
근할 생각이야. 그리고 그 역할은……."

나는 상혁이에게로 고개를 돌렸다.

"상혁이 네가 맡아."

"내가?"

"가장 쉽게 산족과 대화를 시작할 수 있을 테니까."

"내가 어떻게?"

"비녀 가지고 있지? 산족이 준 거."

"아! 그거? 숙소에 있긴 한데."

선인 시련에서 상혁이는 산족에게 비녀를 받아 온 적이 있었다.

딱 봐도 특별해 보이는 검은 비녀에는 주인의 이름까지 적혀 있었다.

이것을 준 산족은 분명 상혁이에게 호감이 있을 것이다.

"그 비녀를 돌려주러 왔다고 말하면 대화를 시작할 수 있을 거야. 일단 신뢰를 쌓아 보자."

단순히 생원과를 원한다면 피난민으로 위장해 최대한 접근한 뒤 훔쳐 달아나면 된다.

그러나 그것은 최후의 수단일 뿐이었다.

"우리의 목적은 단순히 생원과를 받으려는 것이 아니야. 산족을 동맹으로 만들어야 해."

산족 동맹.

이것 역시 회귀 전부터 세워 두었던 계획 중 하나였다.

'당시에는 선택적 계획이었으나 이제는 필수다.'

나찰은 나의 예상보다도 훨씬 강했다.

스승님은 쓰러졌고 할아버지 역시 위대한 일곱 혈족 여럿을 한 번에 상대할 수 없다.

현재 왕국의 문제는 위대한 일곱 혈족과 싸울 수 있을 만큼 강한 고수가 현저히 부족하다는 것이었다.

입신경의 경지에 오른 것이 확실한 알파와 로는 물론이고 다른 위대한 일곱 혈족을 상대하기 위해서도 고수가 필요했다.

'아무리 낙관적으로 생각해도 현경(玄境)의 고수가 셋은 더 필요하다.'

나찰과 비견되는 전투 종족인 산족이라면 왕국의 부족한 점을 채워 주고도 남을 것이다.

"서두르자."

왕국이 멸망하기 전에.

산족, 그 신비의 종족을 설득해야만 한다.

◆ ◈ ◆

북대우림의 마을.

정해우는 어린 나찰들과 함께 놀며 시간을 보냈다.

"아저씨는 왜 뿔이 없어요?"

"머리도 검은색이야. 이상해."

이곳 나찰들의 마을에서 태어나 종족의 참혹한 역사를 모르는 아이들이었다.

까르르 웃는 모습에 미소를 짓던 정해우는 뒤에서 느껴진 인기척에 입을 열었다.

"돌아오셨습니까?"

로가 돌아온 것이었다.

반갑게 로를 맞이하던 정해우의 표정이 순식간에 굳었다.

"……팔이 사라지셨군요."

로의 왼팔이 사라졌다.

검은 사용하는 이가 한쪽 팔을 잃은 것은 치명적이었다. 작게는 균형 감각부터 움직임까지, 크게는 오른손으로 장검을, 왼손으로 소태도를 사용하는 전투 방식에도 영향이 갈 것이었다.

로는 정해우에게 있어 가장 중요한 전력.

걱정이 될 수밖에 없었다.

그러나 로는 걱정스럽게 바라보는 정해우를 향해 대수롭지 않다는 듯이 고개를 끄덕였다.

"모든 일에는 대가가 필요한 법이지."

"양천을 지우는 것치고는 너무 큰 대가이시 않습니까?"

"양천만 파괴했다면 그렇겠지."

"그렇다는 말은……."

"약선까지 제거했다. 그럼 수지타산이 맞지 않는가?"

양천에 더해 약선까지라면 말이 다르다.

로의 한쪽 팔이 잘려 나간 것을 생각하더라도 값진 승리였다.

항상 이서하에게 방해받아 실패, 혹은 반쪽짜리 성공에 그쳐 왔던 것을 생각한다면 고무적인 일이 아닐 수 없었다.

그때였다.

웅성거리는 소리와 함께 누군가 마을 안으로 들어왔다.

"알파도 참 허풍이 심해. 대단한 마을을 만들었다더니 냄새 하나만 지독하구먼."

비꼬는 의도가 명백한 말투.

로가 시선을 돌려 바라본 곳에는 마치 투구처럼 뿔이 머리를 감싼 나찰이 서 있었다.

"엡실론……."

이곳에 부유령을 두지 않아 그가 있는 줄 알지 못한 로였다.

"오랜만이네."

엡실론은 비릿하게 웃으며 로의 빈 소매를 흔들었다.

"인간을 상대로 방심하면 안 된다고 그리 떠들어 대더니 꼴이 이게 뭔가?"

"방심하지 않고도 이 꼴이니 그대도 조심하게. 자네처럼 까불다가는 목이 사라질 테니."

"충고는 뼈에 새기도록 하지."

그리고는 정해우에게로 시선을 돌렸다.

"처음 뵙겠소, 선생. 내가 엡실론이오."

"반갑습니다. 정해우라고 합니다."

"알파와 함께 마을을 만들었다고 하더니, 썩 잘 만들었소."

엡실론은 조소를 터트린 뒤 말을 이어 갔다.

"별 볼 일 없는 혈족들이라도 있는 게 낫겠지. 람다와 시그마는 안에 있소?"

"람다 님은 신평에, 시그마 님은 해남에 가 있습니다."

"허어, 뭐야? 그럼 우리를 셋이나 쓰고도 이 친구 팔이 날아간 것인가?"

엡실론은 지금까지의 대화로도 모든 상황을 유추했다.

"람다와 시그마로 시선 돌리고 양천을 친 모양인데. 약선이라는 인간이 강한 건지 이 친구가 덜떨어진 건지 모르겠군."

로는 이제 대꾸조차 하지 않았다.

오랜 세월을 살며 엡실론에게는 무시가 답이라는 걸 알고 있는 그였다.

분위기가 험악해질 것만 같자 정해우가 두 사람 사이에 끼어들었다.

"안으로 들어가서 더 자세히 대화하시죠. 아이들이 있습니다."

"좋소."

정혜우는 두 나찰과 함께 오두막 안으로 들어갔다. 엡실론은 그 와중에도 입을 멈추지 않았다.

"이게 선생의 왕궁인가? 아주 운치 있고 좋구려. 약소 세력 느낌도 잘 나고."

"쓸데없는 말은 하지 마라. 엡실론."

"쓸데없다니. 알파가 극찬하는 인간이라 기대를 많이 했는데, 역시나 기대 이상이야. 자네 팔도 날려 먹은 걸 보면 정말대단한 작전이었던 거 같구먼."

모든 말이 비꼼이었으나 정해우는 태연하게 로를 향해 물었다.

"로 님, 인간들의 움직임을 알려 주시겠습니까?"

로는 부유령을 전부 가동하며 인간들의 움직임을 훤히 보고 있었다.

"이강진이 수도로 이동했다. 이서하는 부대원들을 데리고산족을 만나러 성산으로 이동 중이다. 생원과를 얻으면서 동시에 동맹도 맺을 모양이더군."

정해우는 말이 끝나기도 전에 고개를 끄덕였다. 이서하가늦든 빠르든 산족을 만나러 갈 것은 이미 예상하고 있었다.

왕국의 전력은 한정되어 있으니 외부로 시선을 돌릴 수밖에 없기 때문이다.

'산족이 쉽게 협력하지는 않을 테지만.'

산족은 나찰보다도 더 고지식하며 완고하게 중립을 지켰다.

하지만 왠지 이서하라면 해낼 것만 같은 불안한 예감이 들었다.

지금까지 모두가 불가능하다 여기던 일들을 해결해 온 이였으니 말이다.

그렇게 잠시 고민하던 정해우는 엡실론을 흘깃 보고는 입을 열었다.

"……이서하가 성산으로 향했다면 무시하도록 하죠. 괜히 건드리면 위험할 수 있습니다."

생각한 것과는 완전히 다른 이야기였다.

"위험?"

엡실론이 불쾌한 듯 미간을 찌푸렸다.

"네, 이서하는 쉽지 않은 상대입니다. 그가 없을 때 수도를 치죠. 나찰 네 분이 동시에 공격하신다면 충분히 수도는 무너트릴 수 있을 겁니다."

"하. 넷이 모두 달라붙어야 수도를 무너트릴 수 있을 거라고?"

엡실론은 어이가 없다는 헛웃음을 터트리며 말했다. 말투가 더욱 공격적으로 변한 것에서 그의 심경 변화가 엿보였다.

"수도도, 이서하라는 놈도 잡는다. 어느 한쪽도 포기하지 않아."

"쉬운 일이 아닙니다."

"아니! 쉬운 일이야! 언제부터 나찰이 고작 인간 하나 죽이는 걸 어려워하게 됐지? 로, 자네가 그렇게 팔이나 잃어버리니 저지기 우리를 우습게 보는 거 아닌가?"

엡실론이 흥분하자 로가 중재를 위해 나섰다.

"우습게 보는 것이 아니다. 쉽게 보면 머리가 날아간다고 내가 말하지 않았는가?"

"그게 무슨 소리냐? 로."

"오미크론을 죽인 것이 바로 이서하다."

"오미크론? 고작 그딴 놈 때문에 벌벌 떠는 거였나?"

엡실론은 조소를 터트렸다.

"인간 종교에 빠져 대가리가 텅텅 비어 버렸으니 그 꼴이 났겠지. 자기가 땡중인지 나찰인지 헷갈려 할 정도였으니 말이야."

"말조심해라. 그래도 우리의 동료였다."

"죽어 버린 녀석한테도 말조심해야 하나? 그러는 자네나 조심하지. 가 버린 놈과 달리 난 살아 있지 않은가?"

로와 한참 눈싸움을 하던 엡실론은 비릿한 미소와 함께 정해우에게로 시선을 돌렸다.

"이 늙은이는 무시하고. 그대가 결정하기 힘들면 내가 대신 해 주도록 하겠소. 이서하는 내가 맡지. 수도는 알파와 베타가 오면 알아서 하시게."

"혼자 가시는 건 위험할 겁니다."

"내가 함께 가지."

로가 말하자 엡실론이 극구 사양했다.

"아아, 팔 병신은 앉아 있으라고. 내상도 심한 거 같은데. 안 그런가?"

"……."

로는 침묵했다.

내상을 입은 것 또한 사실이었다.

지금 당장 전장에 투입되면 원래 실력의 5할도 내지 못할 것이 뻔했다.

"대신 시그마를 데리고 가지. 그 친구가 그래도 말은 잘 들어서 말이야. 그 친구는 지금 어디 있나?"

"해남에 있습니다."

"마침 근처군."

엡실론은 뒤도 안 돌아보고 오두막을 나섰다.

로는 부유령을 엡실론에게 붙인 채 정해우에게 말했다.

"저대로 놔둘 생각인가?"

"생각한 대로 되었습니다."

정해우는 만족한 듯 찻잔을 집어 들었다.

"제가 무슨 말을 하더라도 엡실론 님은 반대했을 겁니다. 이서하를 막아야 한다고 말했다면 수도를 치자고 했겠죠."

처음부터 정해우를 비꼬며 등장한 그였다.

또한 나찰들 중 가장 인간을 업신여기는 모습을 보였다.

"또한 엡실론 님이 스스로 내린 결정입니다. 일이 좀 어려워지더라도 어떻게든 방법을 찾아서 해내시겠죠."

자존심이 강한 자는 결코 자신의 실패를 용납하지 않는다.

이는 임무의 성공률을 올려 줄 것이다.

혹여 일이 꼬이더라도 최소한의 공적은 가지고 오겠지.

"그쪽도 사람 쓰는 법을 잘 아네. 저 노친네를 바로 다루고."

"다만 한 가지 마음에 걸리는 것이 있습니다."

"뭔가?"

"엡실론 님과 시그마 님 두 분이 힘을 합치면 이서하와 그 동료들을 이길 수 있으리라 생각하십니까?"

"당연하지."

로는 망설임 없이 대답했다.

"실력도 실력이지만 궁합이 좋아서 말이야."

"궁합 말입니까?"

"그래, 궁합. 엡실론은……."

로는 과거 엡실론과 싸울 때를 떠올리고는 표정을 굳혔다.

"상대의 약점을 아주 잘 알고 공략하지."

지켜야 할 것이 많은 이서하에게 최악의 궁합이었다.

Chapter 106.

남주(南州)로 향하는 길.

이서하는 아무 말 없이 빠르게 남주로 향해 가고 있었다. 그렇게 이틀을 내리 달리던 중 정이준이 유아린 곁으로 조심스레 다가왔다.

"저기 부대장님…… 실례하겠습니다. 드릴 말씀이 있는데요."

"말해라."

정이준은 머뭇거리다 입을 열었다.

"조금은 쉬면서 가야 할 거 같은데, 대장님한테 말씀 좀 해 주시겠습니까?"

"이유는?"

아린의 되물음에 정이준은 침을 꼴깍 삼켰다.

부대장님은 처음부터 어려웠다.

부담스러울 정도로 아름다운 외모도 외모였지만 그녀가 일으킨 수많은 혈겁을 눈앞에서 본 입장으로서 두려워하지 않을 수가 없었다.

"그러니까 그게……."

정이준은 울상을 지으며 뒤를 돌아봤다.

그러자 상혁과 민주가 고개를 끄덕였다.

'이런 건 나만 시켜. 진짜.'

정이준은 긴장을 풀기 위해 숨을 내쉬고는 말했다.

"절대 제가 힘들어서 그런 건 아닌데 말입니다. 이대로 달리다 나찰이 습격해 오면 대응하기 쉽지 않겠지 말입니다. 체력을 좀 보존하는 것이 어떨까 싶어 말씀드립니다."

"……그래. 네 말이 맞네."

아린은 바로 서하의 옆으로 이동했다.

"서하야. 잠시 쉬자. 대원들도 힘들어하고 있어."

"어? 어, 그래."

생각에 잠겨 있던 이서하는 그제야 정신을 차리고는 고개를 돌렸다.

"두 시진만 쉬자. 쪽잠이라도 자 둬."

그렇게 말한 뒤 이서하는 멍하니 앉아 생각에 잠겼다.

주지율은 그 모습을 가만히 바라보다 상혁에게로 다가갔다.

"상혁아. 뭐 좀 물어보자."

"말해."

"극양신공 그거 어떻게 하는 거냐?"

"……그걸 왜 나한테 물어보냐?"

"너는 알 거 같아서."

"안타깝게도 나도 몰라. 절대 안 가르쳐 주더라. 그런데 그건 왜?"

"내가 너무 도움이 안 되는 거 같아서."

인간들 중에서는 나름 강자가 되었다고 생각했다. 실제로 많은 강자들을 꺾기도 했었고.

그러나 오미크론 때도 그렇고, 이번에 로와의 전투 때도 그렇고 주지율은 아무런 역할도 하지 못했다.

'더 강해져야 한다.'

노력만으로 실력을 끌어올리기에는 시간이 부족했다.

뭐라도 해야만 한다는 조바심이 들었다.

그때 떠올린 것이 극양신공, 양기 폭주였다.

상혁은 간절해 보이는 주지율을 바라보다 고개를 흔들었다.

"아서라. 니 상태 보니 그거 배우면 바로 죽겠다."

"그게 무슨 소리야?"

"정도를 모르고 사용하면 말 그대로 몸이 타서 죽어. 서하 못 봤냐? 북대우림에서 죽을 뻔한 거."

"조절할 수 있어."

"네가 퍽이나 조절하겠다."

상혁은 지율의 성격을 알고 있다.

서하의 명령을 완수하기 위해서라면 그 무엇도 주저하지 않는다.

그런 그가 동귀어진의 수를 가지게 된다면 바로 사용할 게 뻔하지 않은가.

그렇기에 서하도 주지율에게 극양신공을 가르쳐 주지 않는 것이었다.

'같은 이유로 나한테도 알려 주지 않는 걸 테고.'

그렇게 생각한 상혁은 지율의 어깨에 손을 올리며 말했다.

"할 수 있는 걸 해. 그것만으로도 충분히 도움 되니까."

스스로에게도 해 주고 있는 말이었다.

"난 잠시 눈이나 붙이러 간다."

그러나 지율은 포기하지 않았다. 그만큼 절실했기 때문이었다.

"극양신공 사용할 줄 알아?"

그가 다음으로 찾아간 것은 유아린이었다.

"배우게?"

"가능하다면."

"좋아."

아린은 상혁과 달리 바로 승낙했다.

"고맙다."

"고맙기는. 그게 널 죽일 텐데."

아린이의 살벌한 말에도 주지율은 아무런 반응을 보이지 않았다.

아린은 그런 주지율을 향해 환하게 웃어 보였다.

"그래도 서하를 위해 죽을 수 있으면 그게 최고의 죽음 아니겠어? 그렇다고 정말 죽지는 마. 서하가 슬퍼할 테니까."

주지율은 고개를 끄덕일 뿐이었다.

약속은 해 줄 수 없지만 말이다.

"그럼 따라와."

서하가 사용할 수 있는 기물(棋物)이 되어야 한다.

그것이 주지율에게 있어 인생의 의미였다.

성산(聖山).

거대한 탁상지(卓狀地) 위로 산족들의 도시 호현(롯峴)이 있었다.

생명수를 중심으로 만들어진 작은 도시.

소수의 산족들은 이곳에서 평화롭게 삶을 살아갔다.

가끔 영지를 침범하는 불청객만 없다면 말이다.

"키야아아아아악!"

거대한 괴조가 호현을 향해 날아든다.

"아! 진짜! 저거 또 왔어!"

산족의 궁사.

여울은 호들갑을 떨며 시위를 당겼다.

그러나 괴조는 그녀가 날린 화살을 전부 피하며 생명수를
향해 달려들었다.

그렇게 뒤로 물러나다 보니 어느새 여울은 생명수 바로 밑
까지 와 있었다.

"좀 맞아라!"

그 순간.

화살이라고 하기에는 너무나도 거대한 무언가가 괴조를
꿰뚫었다.

이윽고 여울의 앞으로 한 여자가 뚝 떨어졌다.

"꼬맹이. 수련 너무 게을리한 거 아니야?"

"마, 맞출 수 있었거든요!"

"그 실력으로? 아서라. 그러다 생명수에 흠집 하나라도 나
면 늙은이들이 가만히 있겠냐?"

40대 초반이라고는 믿을 수 없을 정도로 젊고 장난기 가득
한 얼굴. 그녀의 목에 걸린 검은 목걸이가 두 개가 서로 부딪히
며 금속음을 냈다.

여울의 스승.

궁신(弓神), 유연이었다.

"……방금 스승님 생명수에서 뛰어내린 거 아닙니까?"

"응? 내가?"

"네. 그럼 어디서 뛰어내렸겠어요?"

"……난 괜찮아. 깃털처럼 가볍거든."

유연이 고개를 돌리는 순간 생명수에서 잎사귀가 우수수 떨어졌다.

뒤이어 저 멀리서 한 노인의 외침이 들려왔다.

"유연! 생명수에 오르지 말라고 내 누누이 말했을 텐데!"

"나 못 봤다고 해라. 저건 네가 잡았다고 하고."

"스승님?"

유연이 바람처럼 사라지고 여울은 화를 내는 장로를 허망하게 돌아봤다.

"같이 가요! 스승님!"

그렇게 스승의 뒤를 따라가기를 한참.

여울은 절벽 아래를 바라보는 스승님을 발견하고는 물었다.

"진짜 저만 놔두고 가면 어떡해요?"

"쉿. 큰일 났다. 여울아."

"큰일은 무슨. 또 그렇게 얼렁뚱땅 넘어가려고요?"

"침입자다."

침입자라는 말에 여울은 표정을 굳히며 스승의 옆으로 갔다.

저 멀리 인간 일곱이 성산을 오르는 것이 보였다.

"어라?"

그리고 그중 하나는 아는 얼굴이었다.

"내 비녀!"

"네가 첫눈에 반한 놈이 저거냐?"

"네! 잘생겼죠?"

"그렇다고 흑철을 주냐! 정신 나간 년아."

말은 그렇게 했지만 유연 또한 여울이 가르친 남자에게서 눈을 떼지 못했다.

"잘생기긴 무슨……. 누구처럼 재수 없게 생겼네."

"재수가 없다니요? 누구요?"

영문 모를 소리에 여울이 고개를 갸웃거릴 그때, 유연이 여전히 정면을 응시한 채 입을 열었다.

"뭐 해? 움직여."

"네?"

"화살 맞기 전에 마중 나가야지. 비녀도 받고."

산족의 영역에 겁도 없이 들어오는 정신 나간 놈들이 또 있을 줄이야.

유연은 아주 오랜만에 산에서 내려갔다.

"멈춰라."

산에서 내려간 유연은 올라오는 인간들을 향해 외쳤다.

맨 앞에서 걸어오던 이가 멈추고 그를 뒤따르던 이들 역시

멈춰 서며 동일한 자세를 취했다.

유연은 선두에 선 자와 그의 일행들을 살폈다.

'몰래 잠입하려던 것은 아닌 듯한데.'

침략자라고 하기엔 너무나 침착한 대처였다. 숨어들 생각이었다면 이렇게 대놓고 들어오지는 않았을 터.

그러나 유연은 경계를 늦추지 않았다.

일행을 이끄는 남자의 얼굴에서 간절함이 엿보였기 때문이다.

길을 잃어 헤매다 들어올 수 있는 장소도 아니었으며, 표정으로 보아 특별한 목적이 있을 것이 분명했다.

그 목적이 산족에게 있어 좋은 일일지 나쁜 일일지는 알 수 없었지만 말이다.

'이유야 직접 들으면 되겠지.'

유연은 조금은 적의를 거둬들이며 말했다.

"어째서 우리의 성산을 찾은 것인가?"

"돌려줄 것이 있어서 왔습니다."

맨 앞의 남자가 뒤를 돌아보자 기생오라비 같은 놈이 앞으로 걸어 나왔다.

"여기 그때 빌린……."

그때였다.

"내 비녀!"

뒤에 있던 여울은 분위기에 맞지 않는 밝은 목소리로 말하며 튀어나왔다. 유연은 눈을 질끈 감으며 여울이 앞으로 돌진하는 걸 막았다.

"하아, 이 어딜 내놔도 창피한 제자야. 지금 진지하게 말하는 거 안 보이냐?"

"돌려준다는 거 받으러 가는데 왜 그러십니까?"

"네가 다가갔다가 인질이라도 되면?"

"그렇게 나쁜 사람 아니에요."

"어떻게 확신하지?"

"잘생겼으니까."

유연은 빙긋 미소를 짓고는 여울을 노려보며 말했다.

"말 한마디만 더 해라, 제자야. 사흘은 굶어야 할 테니까."

"허업!"

스승님은 한다면 하는 사람이었다.

그렇게 제자를 제압한 유연은 상혁을 돌아보며 말했다.

"비녀를 던져라. 내가 확인해 보지."

"네. 여기 있습니다."

상혁은 조심스럽게 유연에게 비녀를 던져 주었다. 흑철로 만들어진 비녀에는 여울이라는 이름이 적혀 있었다.

이를 확인한 유연은 여울에게 다가가 머리를 쥐어박았다.

"정신 나간 년아! 진짜로 흑철을 주면 어떡해?"

"산족 만난 걸 증명해야 한다고 했단 말입니다. 그럼 뭘 줍니까? 따라갈 수도 없고."

"후우."

유연은 더 뭐라 하지 못하고 답답함에 한숨을 내쉬었다.

제자는 스승을 닮는다고 하더니.

아무리 보수적이고 배타적인 집단이라도 이단아는 하나씩 나오기 마련이었다.

지금의 여울이 그랬고, 과거의 유연 또한 그러했다.

그녀는 인간들에 대한 막연한 동경심을 가졌고, 그저 꿈만 꾸는 여울과 달리 산 밑으로 내려가 직접 만나 보기까지 했다.

하지만 그 결과는 절대 좋지 않았다.

"흥미 갖지 마. 스승으로서 해 주는 충고야."

"그래도 잘생겼죠?"

"잘생기긴. 인간들 원래 다 저렇게 생겼어."

"저 중에 제일 잘생겼는데요?"

"관심 끊으라고 했다."

유연은 입술을 삐죽 내밀며 물러나는 제자를 바라봤다. 하지만 제자가 말하는 것이 무엇을 뜻하는지는 어렴풋이 알 수 있었다.

'확실히 뭐가 다르긴 한데.'

인간이라고 하기에는 묘하게 다른 느낌이 들었다.

동질감과 함께 본능적으로 호감이 갔다. 남자로서의 호감도, 단순히 인간으로서의 호감도 아닌 무언가.

하지만 유연은 사사로운 감정을 지워 버리고는 말했다.

"용건이 끝났으면 돌아가라."

"아니, 아직 안 끝났습니다."

대장으로 보이는 남자가 단호한 얼굴로 걸어 나왔다.

"저는 이서하라고 합니다. 당신의 이름을 알려주시겠습니까?"

"싫다."

"그럼 산족의 장로님들을 만나게 해 주실 수 있습니까? 그
분들께 전하고 싶은 말이 있습니다."

"불가능하다."

"어쩔 수 없군요. 만나 줄 때까지 여기서 기다리도록 하죠."

"힘으로 돌아가게 만든다면?"

"가능하시겠습니까?"

이서하의 대답에는 망설임이 없었다.

이미 임전무퇴의 정신을 가지고 이곳으로 왔다는 것을 뜻
했다.

하지만 그렇다고 억지를 들어줄 생각은 없었다.

"가능한지는 한번 확인해 보면 알겠지."

유연이 손을 드는 순간.

수십의 산족이 허공을 밟으며 날아와 서하 일행은 포위했다.

"와우, 여기는 무슨 개나 소나 허공답보를 하네."

정이준의 감탄사와 함께 모두가 무기를 꺼내 들었다.

그러나 이서하는 손을 들며 말했다.

"저항하지 않는다."

그의 말이 떨어지기가 무섭게 모두가 전투태세를 풀었다.

"죽이려면 죽이시죠."

이서하의 눈빛에는 흔들림이 없었다.

"어쩌실 겁니까?"

◆ ◈ ◆

해남(海南).

수많은 마수가 인간들의 시체를 구덩이 안으로 던져 넣고 있었다.

시그마는 이를 지겹다는 듯 바라보다 몸을 일으켰다.

"못사는 놈들만 죽어나는군."

제3군단은 선택과 집중이 확실했다.

도시 근처의 사람들을 한곳에 모았고 정예가 주둔하며 이들을 막았다.

하지만 도시에 들어갈 수 있는 사람의 수는 한정되어 있었기에 자연히 버려지는 이들이 나올 수밖에 없었다.

시그마는 그렇게 버려진 사람들을 집요하게 노렸다.

"그거 아나? 행복에는 총량이 있어서 어느 한 놈이 행복을 전부 가져가면 다른 이들은 불행에 허덕이게 되지. 나찰과 인간들의 관계처럼 말이야."

시그마는 한 나찰의 옆으로 다가갔다.

"그래서 말인데, 우리 둘이서 정예들이 지키고 있는 도시로 쳐들어가는 건 어떤가? 많은 행복을 세상에 흩뿌릴 수 있을 거 같은데."

정예들은 잘사는 관리, 양반, 그리고 부자들을 지키고 있을 게 뻔했다.

하지만 묵묵히 이야기를 듣고 있던 무수한 뿔을 가진 나찰, 백야차는 작게 한숨을 내쉬며 삽질을 멈추었다.

"우리 둘이라면 2만 명 중 5천은 죽일 수 있겠네요. 그리고 둘 다 지쳐서 다진 고기가 되어 버리겠지만."

나찰이라고 무한한 체력과 내공을 가지고 있는 것은 아니었다.

적이 결사 항전의 정신으로 덤벼 온다면 베고 또 베다 언젠가는 지치기 마련.

아무리 나찰이 강하다고 한들 2만의 병력을 상대로 달려드는 건 자살행위나 다름없었다.

"왜 겁나나? 걸리는 것이 있나 본데."

"저는 당신과 달리 승산 없는 싸움은 하지 않습니다."

"당신과 달리? 하긴, 나랑 달리 너는 뭔가 삶에 미련이 있나 보군."

"그러는 시그마 님은 없습니까?"

"난 없지."

시그마는 백야차에게 어깨동무를 하며 속삭였다.

"난 인간들이 가져간 행복을 세상에 뿌려 놓고 싶을 뿐이야. 우리 나찰이 가져갈 수 있게."

그때였다.

"고작 길 안내 하는 게 이렇게 힘든 일인지 몰랐는데."

한 곳에서 둘의 대화를 방해하는 목소리가 들려왔다.

고개를 돌려 바라본 곳에서는 한 남자가 허공에 대고 투덜 거리며 다가오고 있었다.

"시그마가 꼭꼭 숨기도 잘 숨은 건가, 아니면 팔 한쪽이 사라져서 오른쪽 왼쪽을 구분 못 하는 건가?"

엡실론이었다.

"뭐? 내가 길치라고? 난 평생 길치라는 소리를 들어 본 적이……!"

"어이, 영감탱이."

시그마가 손을 흔드는 것을 본 엡실론이 표정을 굳혔다.

"봐봐, 난 길치가 아니야."

"누구랑 그렇게 대화하면서 오나?"

"외팔이 하나 있다."

엡실론은 허공에 손을 흔들었다.

"훠이! 훠이! 엿보지 말고 이만 가게."

이윽고 시그마의 앞에 선 엡실론이 말했다.

"내 일 좀 도와줘야 할 거 같네."

"그쪽 일을 말인가? 내가 왜?"

시그마는 다른 혈족들을 극도로 혐오했다.

어쩔 수 없이 대업을 위해 협력하고는 있지만 될 수 있다면 공동 작전 같은 건 하고 싶지 않은 그였다.

시그마를 잘 알고 있는 엡실론은 고개를 끄덕였다.

"내 단어 선택이 잘못되었네. 내가 자네 일을 도와주지. 그 건 어떤가?"

"말장난은 그만하고 무슨 일인지나 말해 봐, 영감."

"자네도 좋아할 거야. 이 왕국에서 가장 행복에 겨운 놈을 불행하게 만들 거거든."

엡실론은 입꼬리를 올리며 말했다.

"이서하를 죽이러 가지."

이서하라는 말에 시그마의 표정이 진지해졌다.

오미크론을 죽였다고 알려진 영웅이자 인간들의 희망.

그가 죽는 순간 이 모든 왕국의 이들이 좌절할 것이 분명했다.

그러면 인간들이 독점하고 있던 행복도 세상에 풀려나지 않을까?

"그 제안 마음에 드네."

시그마로서는 절대로 거부할 수 없는 제안이었다.

성산(聖山).

산족들이 사는 거대한 산으로, 세상을 절반으로 나눈 듯한 긴 절벽이 특징이었다.

산족들은 말을 타고 가고 있었으며 나와 일행은 포박당한 채 그들을 따르고 있었다.

그렇게 걸어가기를 한참, 옆에서 걷던 상혁이가 물었다.

"이게 원래 계획이었던 거지?"

"일단은."

산족의 영역에 들어가는 건 쉬운 일이 아니다.

대놓고 접근하든 잠입을 하든 금세 발각될뿐더러 문답무 용으로 나갈 것을 강제하니 어쩌면 불가능하다고 볼 수 있다.

때문에 다른 이들은 불가능할 것이라며 체념하겠지만, 나 는 아니다.

그들에겐 없는 정보가 나에겐 있었으니 말이다.

"걱정 마. 저들은 절대 우리를 해치지 않을 거니까. 아니, 그럴 수 없다고 해야지."

"제한이라도 있다는 거야?"

"맞아. 지금은 제한이라기보단 신념이라고 해야겠지."

산족에게는 인간에게 없는 특징이 한 가지 있다.

바로 성산을 더럽히는 것을 끔찍하게 싫어한다는 것이다.

때문에 어쩔 수 없는 상황을 제외하면 성산에서 군이 피를 보려고 하지 않는다.

금수란에게 화살을 쏘아 겁을 주어 내쫓은 것도 그런 연유였다.

물론 대화가 통하지 않는 마수라든가, 겁을 주었음에도 적의를 가지고 저항해 오거나 하면 어쩔 수 없이 유혈 사태를 일으키기도 한다.

성산을 더럽히면 안 된다는 강박보다, 생명수를 수호해야한다는 의무가 더 강할 테니 말이다.

이 점을 알고 있었기에 나는 앞으로 나아가지도, 그렇다고 떠나지도 않았다.

주변을 에워쌌을 때 공격태세를 버린 것도 같은 일환이었다.

"난 저들에게 선택지를 준 거야. 성산에서 무의미한 피를 흘릴 건지, 아니면 대화를 허락할지."

선택은 오로지 정찰대를 이끄는 저 여자의 몫이었다.

"쉽게 말해 도박을 했다는 거네."

"맞아. 도박이었어. 저 여자의 성향에 따라 어떤 결과나 나올지 모를 도박."

이보다 더 빠르게 산족의 지도자를 만나는 방법은 없었으니 말이다.

다행히 저 산족 여인이 아주 합리적인 선택을 하면서 결과도 좋지 않는가.

그녀가 선택한 수는 침입자를 포박해 데리고 가는 것이었다.

그렇게 하면 정찰대는 침입자를 잡은 것이니 최소한의 임무는 달성한 것이 되며 나의 요구 또한 어느 정도는 들어주는 셈이니 말이다.

양쪽 다 조금씩 양보하는 선에서 나름 최적의 결과를 이끌어 낸 것이다.

그렇게 생각할 때 나를 포박한 여자가 다가왔다.

"장로님들에게 이야기는 해 보겠지만, 긍정적인 대답은 기대하지 않는 게 좋을 거다. 결과가 나오면 미련 없이 떠나도록."

"알겠습니다. 그리고 한 가지 물어보고 싶은 것이 있습니다."

"뭔가?"

"여기 감옥 밥은 맛있습니까?"

"참······. 마음대로 해라."

내 말을 알아들은 여자가 앞으로 달려 나갔다.

"너 진짜로 만나 줄 때까지 있을 거야?"

"아니, 그랬다가 스승님 돌아가시게? 말만 그렇게 해 놓은 거지."

시간을 오래 지체할 수는 없다.

"걱정 마. 다 생각이 있으니까."

그때였다.

"안 힘들어? 살짝 풀어 줄까?"

상혁이에게 비녀를 줬던 소녀가 다가와 물었다.

"아니, 별로 힘들지는 않은데······."

"그러지 말고 내 말에 타."

여자는 상혁이를 한 손으로 들어 자신의 말 위에 태웠다.

산족의 여자들은 원래 저렇게 적극적일까?

"난 여울이라고 해. 너는 이름이 뭐야?"

"나? 나는 한상혁?"

상혁이는 당황한 얼굴로 나를 쳐다보며 입 모양으로 말했다.

- 야, 나 어떻게 해?

어떻게 하기는.

그냥 편안하게 타고 가면 되지.

그래도 한 놈이라도 산족과 친분을 만들 수 있어서 다행이
었다.

내가 그렇게 생각할 때였다.

"어떡하지? 어떡하지?"

뒤에서 안절부절못하는 목소리가 들려왔다.

목소리의 주인은 금세 나에게 다가와 불안한 눈빛을 보냈다.

"서하야, 이러다가 상혁이가 저 여자한테 넘어가는 거 아
니겠지?"

산족에게 끌려가는 와중에 그게 걱정인가?

그래도 진지해 보이니 어울려 주도록 하자.

"그럴 수도 있지."

"꺄악! 안 된다고! 내가 얼마나 조심스럽게 다가가고 있었

는데!"

"조용히!"

한 산족의 외침에 민주가 화들짝 놀라며 입을 다물었다.

난 그런 그녀에게 말했다.

"조심스럽게 다가가다 못해 거의 안 움직이던데?"

"상혁이가 반응을 안 해. 같이 뭐 하자고 해도 수련한다고 빠지고. 내가 마음에 안 드는 게 분명해."

그건 상혁이가 수련 바보라서 그런 게 아닐까?

애초에 딱히 생각을 하며 사는 것 같지도 않고.

어쩌면 원역사처럼 약혼자랑 결혼시키는 편이 민주에게는 더 행복한 삶이었을 수도 있겠다는 생각이 들지만…….

'이제는 돌이킬 수 없다.'

이왕 꼬아 버린 거 민주가 행복한 쪽으로 갈 수 있도록 어른의 지혜를 빌려주도록 하자.

"상혁이 녀석은 널 피하는 게 아니라 그냥 아무 생각이 없는 걸 거야."

"그게 더 슬픈데?"

"그럼 답은 하나네. 그냥 덮쳐."

"응?"

"상혁이처럼 순진한 남자는 바로 넘어갈 거야."

멍하니 나를 바라보던 민주는 뜻을 이해하고는 얼굴을 붉혔다.

"……이 미친놈아!"

"조용히!"

"으으으!"

산족에게 한 소리 들은 민주는 부끄러움에 고개를 숙였다.

여기까지 말해 줬는데도 못하면 이젠 나도 할 말이 없다.

그렇게 대화가 끝날 때 즈음 서서히 산족들의 도시가 보였다.

그리고 그 중앙에 우두커니 서 있는, 하늘 끝까지 뻗은 거대한 나무가 시선을 사로잡았다.

'저것이…….'

생명수.

나의 스승님을 살릴 열매가 열리는 나무였다.

◆ ◈ ◆

"호현(昊峴)."

도시 초입에 적힌 이름이었다.

"그게 이 도시 이름입니까, 유연 대장님?"

"……내 이름은 어떻게 알았지?"

"대장님 부하들이 그렇게 부르던데요."

유연은 미간을 찌푸렸다.

"우리가 하는 말을 알아들었다는 것이냐?"

나는 고개를 끄덕였다.

유연이 놀라는 것도 무리가 아니었다. 나와는 공용어로 대화를 하고 있었지만 자기 부하들과는 산족어로 이야기했기 때문이다.

"조금은요."

"문자까지 읽을 줄 아는 걸 보면 조금이 아닌 거 같은데? 어떻게 그럴 수 있는 거지?"

"산족에 관해 관심이 아주 많았거든요. 강하고 신비롭고."

"하, 인간들은 그런 듣기 좋은 말을 아무 마음 없이 내뱉지."

유연은 나의 말을 비웃으며 의심의 눈초리를 거두지 않았다.

"혹시나 해서 말해 주는 건데, 가급적 그 산족이라는 호칭은 삼가라."

그래도 아부가 조금은 통한 모양이다. 저런 주의 사항까지 말해 주는 것을 보면 말이다.

이번 기회에 조금 더 정보를 끌어내는 것도 나쁘지 않을 것만 같았다.

"호칭에 무슨 문제라도 있습니까?"

"산족이란 호칭은 너희 인간들이 편의상 붙인 이름이 아니냐."

"그럼 무엇이라 불러야 합니까?"

"목령인(木靈人)."

나무의 영혼.

생명수를 신처럼 받드는 이들에게 잘 어울리는 호칭이었다.

"그것이 우리의 진짜 이름이다. 장로님들 앞에서 실수하지 말도록."

"명심하겠습니다."

확실히 좋은 지적이었다.

인간들이 마음대로 붙인 이름은 이들에게 있어 멸칭과 같았을 테니 말이다.

그렇게 짧은 대화가 끝날 때 즈음 도시의 입구가 나타났다.

"이건 예상외의 환영이네."

상혁이가 진심 반, 농담 반으로 말했다.

그 말처럼 입구에는 수많은 목령인이 구경하러 나와 있었다.

"저게 인간이야?"

"똑같이 생겼는데."

"엄청 예쁜 사람도 있어."

편견이 없는 아이들이 한마디씩 하자 그들의 부모들은 마치 못 볼 것을 마주했다는 것처럼 아이들의 눈을 가렸다.

회귀 전 만난 산족들도 딱 저랬지.

마치 벌레를 대하듯이 인간들을 보았었다.

"반응은 예상했지만 씁쓸하네요."

"예상했다고? 우리를 만나기 쉽지 않았을 텐데."

"말하지 않았습니까? 관심이 많았다고. 산족, 아니 목령인 분들이 인간을 어떻게 생각하는지는 풍문으로 들어 알고 있었습니다."

하지만 인간을 왜 저렇게까지 혐오하는지는 지금까지도 알 수 없었다.

순수한 아이들이 반갑게 손을 흔드는 걸 보면 생물학적 혐오는 아니었다. 그렇다면 전해 내려오는 이야기 같은 것이 있을 터.

나는 유연에게로 고개를 돌렸다.

"한 가지 여쭤봐도 되겠습니까?"

"뭔데?"

"왜 목령인들은 인간들을 적시하는 걸 넘어 저리도 싫어하는 겁니까? 무슨 일이 있었던 거죠?"

"관심이 많다며? 인간들이 알려 주지 않았나?"

"기록이 남아 있지 않습니다."

"하."

유연은 어이가 없다는 듯 웃으며 앞으로 걸어 나갔다.

"그런 점 때문에 혐오하는 것이겠지."

아무래도 대답을 듣기 어려울 것만 같다.

하지만 난 어떻게 해서든 들어야겠다.

"간략하게라도 말씀해 주시죠. 그래야 높으신 분들 앞에서 실수하지 않고 잘 말할 수 있지 않겠습니까?"

"너 포기를 모르는구나."

"포기할 거였다면 애초에 오지도 않았습니다."

유연은 고개를 절레절레 흔들다 한숨을 내쉬었다.

"……인간은 우리를 배신했다. 내가 말해 줄 수 있는 건 그 것뿐이다."

아닌 척하지만 은근히 부탁에 약한 유연이었다.

안 된다고 하면서도 묻는 말엔 꼬박꼬박 답은 해 주고 있지 않는가.

그나저나 배신이라.

그렇다면 한때는 같은 편이었다는 소리다.

도대체 왜? 인간들이야 목령인들의 힘이 필요했겠지만, 목 령인들의 입장에선 그럴 필요가 없었을 텐데?

능력적인 면에서 목령인들이 더 우위에 있는 것은 재고의 여지가 없으니 말이다.

'그런 존재가 자신들보다 약한 이들과 동맹을 맺었다.'

동맹이란 상호 동등한 관계를 맺는 행위.

하지만 그 이면엔 서로의 필요성에 의해 성립된다는 전제 조건이 깔려 있다.

'자존심을 굽힐 정도로 필요했던 것이 과연 무엇일까?'

장로들을 만나기 전에 그 정체를 파악해 내는 게 급선무였다.

목령인들에게 결핍되어 있는 것을 찾아낸다면 내가 원하 는 동맹을 빠르게 이끌어 낼 수 있지 않을까?

'잘 살펴보자.'

정보는 곧 힘이다. 그리고 단순 관찰만으로도 생각보다 많 은 정보를 얻을 수 있다.

예를 들어 지금 내가 걷고 있는 도로가 잘 정비되어 있지 않으며 흔한 음식점 하나 찾아볼 수 없다는 것.

의복의 재질도 다르며, 아이들의 얼굴에서도 미세한 차이를 발견할 수 있었다.

'그래, 그런 거였어.'

개개로 보자면 별것 아닌 것으로 치부해 넘길 만한 요소들이다.

종이 다름에 따른 문화의 차이로 받아들일 수 있으니 말이다.

하지만 이 작은 차이들을 종합해 보면 결국 목령인들이 갖고 있는 본질적인 문제를 파악할 수 있다.

바로 호현의 자원이 부족하다는 것.

무리도 아니다.

이런 탁상지에서는 자원의 확보가 용이하지 않을 테니 말이다.

'과거 왕국과 같은 편이었던 이유도 아마…….'

교역을 위함이겠지.

그때라고 해서 탁상지에 자원이 풍부했다고 보기는 어려울 테니까.

'잘만하면 협상의 우위를 가져갈 수 있다.'

방향성은 정해졌다.

그렇게 결정을 내릴 내 즈음 유연이 발을 넘추었다.

그녀가 멈춘 곳은 한 저택 앞이었다.

"이서하를 제외한 전원 이 안으로 들어가도록."

"넵!"

여울은 가장 먼저 대답한 뒤 저택 안으로 들어갔다.

네가 왜 들어가?

나와 생각이 통했는지 유연이 여울의 목덜미를 잡았다.

"창피하니까 제발 가만히 좀 있어라."

그러자 여울이 억울하다는 얼굴로 말했다.

"누군가는 안에서 저들을 감시해야 하지 않습니까?"

"그래서 네가 그걸 맡겠다고?"

"네, 스승님. 오해하지 마십시오. 절대 그 어떤 사심도 없
습니다!"

누가 봐도 사심밖에 없는 표정이다.

어디나 이상한 사람은 있구나.

"하아."

유연은 포기한 듯 목덜미를 놓고 말했다.

"그래, 그럼 똑바로 감시해라."

"네! 스승님. 개미 새끼 한 마리 못 나가게 하겠습니다."

유연과 여울이 만담하는 사이 아린이가 나에게 다가왔다.

"혼자 가도 괜찮겠어?"

"오히려 혼자 가는 게 나을 거야. 기다리고 있어. 금방 다
녀올게."

"무슨 일 있으면 말해. 이 산에 마수가 꽤 많아."

안심하라고 말한 건데 왜 더 불안해지는 것일까?

그렇게 아린이마저 저택 안으로 들어가고 나는 유연과 함께 이동했다.

"감옥치고는 일반 저택이나 다름없네요."

"내 집이다."

"네?"

"이 도시에는 감옥이 없다. 죄를 짓는 사람이 없으니까."

유연은 그렇게 말하고는 의미심장하게 웃었다.

"내 신세를 엄청나게 지고 있다는 걸 알도록."

"……네, 갚도록 하죠."

어떻게 갚을지는 차차 생각해 봐야겠지만 말이다.

호현의 중앙.

생명수의 바로 밑에는 도시의 모든 대소사를 결정하는 회의장이 있었다.

나는 유연을 따라 그 안으로 걸어 들어갔다.

회의장 내부로 향하는 통로에는 수없이 많은 흑철 무기와 장신구들이 걸려 있었다.

"이것들은 다 뭡니까?"

회의장 입구에 어울리는 물건들은 아니었다.

통일성도 없고.

그렇게 흑철 무구들을 바라보고 있을 때 유연이 말했다.

"죽은 자들의 것이다. 모두 위대한 영웅들이 사용했던 것들이지."

한마디로 유물이라는 소리다.

'그러고 보면 진명도 흑철 무기를 가지고 있었지.'

절멸도(絶滅刀)가 바로 흑철 무기였다.

"이 흑철은 무엇입니까? 목령인들은 다들 가지고 있는 거 같던데."

"흑철은 우리 목령인에게 있어 목숨과도 같은 것이다. 태어날 때 생명수가 주는 것이지."

"목숨 같은 것이요?"

진명이 가지고 있던 절멸도가 단순한 요검은 아니었던 것이다.

"잠깐만 그럼……. 그 여울이라는 분은 그런 중요한 걸 상혁이한테 준 겁니까?"

"그러니까 미친년이지."

유연이 측은해지기 시작했다.

물론 단순한 감정이 그렇다는 거고, 나에게는 대단히 기꺼울 행동이 아닐 수 없었다.

그녀 덕분에 이렇게 목령인도 만나고 대화의 물꼬를 틀 기회도 얻게 되지 않았나.

너무 나쁘게 보지는 말도록 하자.

그렇게 대화하는 사이 통로의 끝이 보였다.

밝은 빛이 들어오는 공간으로 들어가자 생명수의 거대한 기둥이 눈에 들어왔다.

생명수의 가지가 스스로 만들어 낸 듯한 세 의자엔 나이가 들어 보이는 노인들이 앉아 있었다.

좌측에는 딱 봐도 문관처럼 생긴 남자가 메기수염을 쓰다 듬고 있었고, 우측에는 동물 가죽 옷을 입은 전사가 나를 내려다보고 있었으며, 정중앙에는 종교적 의상을 입은 여성이 앉아 있었다.

그들을 가만히 올려 보고 있자 유연이 내 목을 잡아 강제로 숙였다.

"정찰대장 유연. 성산으로 들어오려던 인간 일곱을 잡아 돌아왔습니다."

기분이 썩 좋은 상황은 아니었지만 바로 다음 말에 불쾌함이 싹 사라졌다.

"어째서 인간을 들였지? 정찰대장."

좌측에 앉은 장로의 화살이 유연에게로 향했기 때문이다.

"최선의 판단이었습니다."

"최선? 인간을 성산에 들인 것도 모자라 생명수 바로 앞까지 끌고 온 것이 최선이었나? 어째서 그 자리에서 처리하시 않았지?"

내 목을 잡은 유연의 손이 살짝 떨렸다.

장로씩이나 되어서 상황을 모르는 것도 아닐 텐데 아무래도 유연에게 좋지 않은 감정이 있는 것만 같았다.

어쨌든 유연은 나에게는 여기까지 오는 데 큰 도움을 준 은인이다.

이대로 모른 척할 수는 없지.

나는 유연만 들을 수 있도록 작게 말을 건넸다.

"좋은 생각이 있는데, 한번 들어 보시겠습니까?"

"좋은 생각?"

"곤란하신 거 같은데. 제 말대로만 해 주시면 저 메기 장로님에게 한 방 먹여 드리죠."

"……."

유연은 잠시 고민하더니 메기수염을 슬쩍 보고는 고개를 끄덕였다.

"계획부터 들어 보지."

나는 빠르게 계획을 말해 주었다.

유연은 잠시 고민하더니 결심을 굳힌 듯 내 목덜미를 잡아 끌어 올리며 단검을 빼 들었다.

그러자 메기 장로가 홍분해 외쳤다.

"뭐 하는 짓인가? 유연."

"왜 여기까지 그냥 데리고 왔느냐고 물으셨습니까?"

그리고는 단검으로 내 포박을 풀었다.

"있으나 마나 한 포박이었습니다. 이자가 원했다면 밧줄이 아니라 강철로 포박했더라도 풀었을 테니까요."

이제는 내 차례였다.

나는 어쩔 수 없다는 듯 아쉬운 얼굴로 입을 열었다.

"평화롭게 대화를 하러 온 것이었습니다만, 이렇게 된 이상 저도 스스로를 지켜야 할 수밖에 없겠네요."

나는 극양신공까지 사용하며 기를 폭발시켰다.

아무리 목령인이더라도 나 정도의 고수는 극히 드물다.

아니나 다를까. 메기수염은 화들짝 놀라 말까지 더듬었다.

"지, 지, 지금 무슨 짓이냐!"

메기수염이 그렇게 외치는 순간 나는 방출했던 기를 흩어트리며 여유로운 미소를 지었다.

"걱정할 필요 없습니다. 제가 원하는 건 평화로운 대화일 뿐이니까요."

내가 힘을 드러낸 이유는 간단하다.

나는 충분한 힘을 갖고 있지만, 당신들을 배려해 한 걸음 양보하고 있다는 것을 밝힌 것이다.

이로써 장로들은 내 말을 이선처럼 가볍게 대할 수는 없을 것이다.

강자가 대화를 원하는 것과 약자가 원하는 것은 엄연히 무게가 다르니 말이다.

내 역할은 여기까지. 이제는 유연의 차례였다.

그런데 맞춰 놓은 대사가 들리지 않는다.

고개를 돌려보자 하라는 대사는 안 하고 어벙한 얼굴로 나를 바라보고 있는 유연이 보였다.

"……유연 대장님?"

그제야 정신을 차린 유연이 황급히 고개를 돌려 우측의 장로를 바라봤다.

"그럼 대장군님에게 묻겠습니다. 이자와 제가 싸웠어야 한다고 생각하십니까?"

대장군이라고 불린 장로는 인상을 쓰며 나를 바라보다 고개를 끄덕였다.

"그렇군. 저자와 싸웠다면 꽤 많은 사상자가 났겠어. 잘 처리했네. 유연 대장."

"감사합니다. 대장군님."

일이 잘 풀린 것만 같다.

협상의 장을 마련하게 됐으니 소기의 목적은 달성했다고 볼 수 있겠지.

나는 대장군에게 꾸벅 인사하는 유연에게 속삭였다.

"빚은 갚은 겁니다?"

"고작 이걸로?"

"그럼 조금은 갚았다고 하죠."

"그건 인정해 주지."

그렇게 사태가 일단락되자 여태껏 상황을 관망하던 여인

이 입을 열었다.

"그래, 우리와 대화를 원한다고 들었다. 그 정도라면 못 할 것도 없지."

"크흠."

좌측의 메기수염 장로는 불만이 많아 보였으나 그 어떤 반론도 꺼내지 못했다.

아무래도 중앙에 앉은 저 할머니가 가장 강한 발언권을 지닌 모양이다.

"무엇을 원하느냐?"

나는 기다렸다는 듯이 말했다.

"동맹을 원합니다."

세 장로 모두 의아한 눈으로 나를 바라봤다.

하긴, 그럴 수밖에.

과거 일련의 사건 이후로 교류 한 번 제대로 하지 않던 왕국에서 갑자기 동맹을 요청해 오면 의심부터 하는 게 당연할 것이다.

나는 잠시 심호흡을 한 뒤 말을 이어 갔다.

"동맹을 체결해 주신다면 왕국에서는 낭신들이 요구하는 모든 자원을 지원해 줄 의향이 있습니다."

물론 신유민 전하의 허가를 받은 건 아니었다.

하지만 이해해 주시지 않을까?

이 또한 왕국을 위한 일환이니 말이다.

그러니 나중 일은 이후에 생각하고 일단은 당면한 문제부터 해결하자.

"식량, 자원, 원한다면 땅까지 내어 드리겠습니다."

그렇게 말한 나는 세 장로를 올려 보았다.

좌측의 남자는 여전히 인상을 찌푸리고 있었고 대장군이라 불린 이 역시 생각에 잠긴 얼굴이었다.

반면 중앙의 여성은 알 수 없는 표정이다.

먹히고 있는 거야, 뭐야?

도대체 어떻게 흘러가는지 모르겠다.

그런데 그때였다.

좌측의 남자가 먼저 입을 열며 침묵을 깼다.

"그 조건으로 우리에게 원하는 것은 무엇이냐?"

"전사들을 빌려줬으면 합니다. 우리 인간들은 나찰과의 전쟁을 앞두고 있습니다. 한 명이라도 더 강자가 필요합니다."

지금 가장 시급한 것은 생원과지만 생명수를 신처럼 여기는 이들에게는 신의 과실이나 다름없다.

그걸 먼저 요구할 경우에는 대화가 바로 끝날 것이 분명했다.

그렇기에 생원과는 동맹이 체결된 이후로 미루고 고수들부터 요구한 것이다.

"더도 말고 딱 5명 정도면 됩니다."

산족에는 고수들이 많다.

진명 수준의 강자가 다섯 정도만 합류하더라도 분명 큰 전력이 될 것이다.

요구 사항을 전해 들은 세 장로는 또다시 진지한 표정으로 생각에 잠겼다.

하지만 조금 전과는 느낌이 사뭇 다르다.

사기꾼 보듯이 바라봤던 시선도 사라졌고, 진지하게 고민하는 기색이 역력하다.

그만큼 내 제안이 어느 정도 합리적이라는 뜻이겠지.

고작 고수 5명을 빌려주는 것으로 수많은 자원과 땅까지 넘겨받을 수 있으니 말이다.

"조금 더 고민해 보고 답을 줘도 되겠느냐?"

중앙의 여장로의 말에 나는 고개를 끄덕였다.

"내일 중으론 답을 주실 수 있으십니까?"

"그러도록 하지. 그럼 이만 물러가 보도록."

"시간 내주셔서 감사합니다."

나는 고개를 숙여 인사를 한 뒤 유연과 함께 밖으로 나왔다.

큰 고비를 넘겼다 생각하니 안도의 한숨이 흘러나왔다.

"대화가 생각보다 잘 통했네요."

흑시나 했던 무력 충돌은 없었고 목령인들에게 가장 절실한 요소도 파악해 기대 이상으로 보답할 것을 다짐했다.

그에 대한 대가도 고작 고수 다섯에 불과하니 딱히 거절할 이유도 없겠지.

그런 낙관적인 예상을 하고 있는 찰나.

"그렇게 생각하나?"

유연이 조소를 지어 보였다.

뭐지? 왜 저런 반응을 보이는 건데?

누가 봐도 잘 풀린 협상 아니었나? 서로 원하는 것을 얻을 것이고, 오히려 손해를 감수하는 쪽은 왕국 측일 터인데.

"당신들에게는 나쁜 조건이 아닐 텐데요?"

"조건만 보면 그렇겠지."

"그것보다 중요한 건 없을…….."

"아니, 넌 가장 중요한 걸 간과하고 있어. 바로 너희가 인간 이란 것을 말이야."

"…….."

반박할 내용이 떠오르지 않으며 말문이 막혔다.

애초에 예상하고 있던 범주 자체가 아니었으니 말이다.

그렇게 선뜻 대답하지 못하자 유연이 혀를 차며 말했다.

"인간은 아쉬울 때와 그러지 않을 때의 말이 다른 법이지. 그런 너희를 우리가 어떻게 믿지? 전쟁이 끝나면 약속했던 지원을 멈추고 내주었던 땅도 다시 빼앗을 수도 있지 않나?"

"국왕 전하는 그럴 사람이 아닙니다!"

"백번 양보해 그는 아니라 치지. 그런데 그의 자식은? 현 국왕의 후손들 또한 같은 마음이라 확신할 수 있나?"

망치로 뒤통수를 거세게 얻어맞은 느낌이었다.

이렇게까지 인간의 신뢰도가 떨어져 있을 줄이야.

그나마 호의를 보이는 유연마저 이렇게 나온다는 건…….

"그러면 장로들도……."

"나보다 불신이 더하면 더하겠지."

……대화가 잘 풀리긴 개뿔.

망했다. 뭘 어떻게 대처해야 될지 모를 만큼 난감하다.

대놓고 불신하고 있는 상황에서 관계를 개선하는 게 가능할 턱이 있나.

그렇게 밀려드는 좌절감에 고개가 절로 숙여질 때였다.

"어머머머!"

도시 사람들이 허공을 보며 입을 틀어막고 있었다.

나도 모르게 그들을 시선을 따라갔다.

"……"

직후 나 역시 할 말을 잃고 그저 허공을 바라볼 수밖에 없었다.

하늘에는 10개의 철시(鐵矢)가 유영하고 있었다.

내가 아는 한 저게 가능한 사람은 한 명뿐이었다.

"박민주, 이게……!"

"여울! 이 미친년이!"

응?

유연이 표정을 굳히며 달려 나간다.

무슨 일인지 모르겠지만, 일단 따라가 봐야겠다.

이내 도착한 곳에는 사색이 된 채 화살을 올려다보는 여울이 있었다.

"말도 안 돼! 어떻게 나보다……!"

머리를 부여잡고 좌절하는 여울.

유연은 그런 그녀를 향해 달려가 머리를 쥐어박았다.

"이 미친년아! 내가 도시 안에서 활을 쓰지 말라 몇 번을 일렀느냐!"

"억울합니다! 저렇게 10개를 동시에 움직이지 못한다는 건 스승님도 아시지 않습니까?"

"뭐가 억울해? 너와 나 말고 천리사궁(千里蛇弓)을 사용할 수 있는 자가 없는데. 이번 기회에 버릇을 아주 단단히……."

잠깐만. 뭐라고?

천리사궁(千里蛇弓)?

"저기……!"

내가 뭐라 입을 열기도 전에 여울이 외쳤다.

"아니라니까요! 이건 인간 계집이 한 것이란 말입니다!"

"……뭐?"

망할.

이번에도 원작자한테 표절을 들킨 모양이다.

잠시의 침묵이 이어지고 유연이 나를 향해 고개를 돌렸다.

나는 애써 미소를 지으며 말했다.

"하하하, 궁신님이 눈앞에 있는데도 몰라뵜었네요. 그게 말입니다……."

"말해라."

유연의 살기에 식은땀이 다 난다.

"어찌 인간이 천리사궁을 배웠는가?"

"그게 제가 미래에서 온 사람이라서 말입니다."

그 순간 단검이 내 목을 파고들었다.

"똑바로 말하지 않으면 너나 나 둘 중 하나는 내일을 볼 수
없을 거다."

사실을 말한 건데요.

Chapter 107.

Chapter 107.

이서하가 장로들을 만나러 간 사이.

유연의 저택.

"밖으로 나가지만 않으면 아무 일 없을 거다! 알아들었나?"

여울이 광명대에 내린 명령은 단 한 가지.

저택을 벗어나지 말라는 것뿐이었다.

상혁을 만나게 된 이후로 인간들의 언어를 익혀 온 그녀였기에 명령을 이해하는 데도 무리는 없었다.

남은 것은 유연과 이서하가 돌아올 때까지 차분히 대기하는 것.

현재의 신분이 포로라는 걸 고려한다면 문제가 벌어질 일은 결단코 없었다.

물론, 저택 안의 사람들이 평범한 이들이었다면 말이다.

유연과 여울이 간과한 하나의 요소가 있었으니.

이서하가 희대의 별종들만 모아 놓은 이들이 바로 광명대란 것이었다.

역시나 광명대는 제멋대로 움직이며 저택을 둘러보았다.

그러다 부엌을 발견한 정이준이 다른 이들을 불러 모았다.

"배도 고픈데 이참에 밥이나 먹는 건 어떻습니까들?"

정이준의 말에 대부분 고개를 끄덕였다.

"그럼……."

방향을 정했다면 요리 담당자를 배정할 차례.

정이준은 가장 먼저 유아린을 바라봤지만, 금세 시선을 돌렸다.

감히 부대장님한테 시킬 깡은 없다.

뒤이어 다른 대상을 물색하지만 결과는 동일했다.

상혁 선배와 민주 선배는 밥을 태워 먹지나 않으면 다행이고, 수련 바보 지율 선배에게도 뭘 기대하기는 힘들다.

자신 또한 요리와 담쌓은 지 오래.

그렇다면 남은 이는 단 한 사람뿐이었다.

정이준의 시선이 한 곳으로 향하자 김채아가 한숨을 내쉬었다.

"그래, 내가 한다. 해."

15

그렇게 부엌으로 들어가는 김채아를 보며 아린은 아쉬운 듯 중얼거렸다.

"요리는 서하가 잘하는데."

아린이 아쉬운 듯 말하고 정이준이 고개를 끄덕이며 동의했다.

"우리 대장님이 만능이긴 하죠. 나쁜 것도 다 잘해서 문제지만."

김채아가 음식을 하는 동안 광명대원들은 각자 나름대로 휴식을 취했다.

여울은 그 모습을 어이없다는 듯 바라봤다.

'뭐가 저렇게 편해? 인간들은 원래 저런가?'

아무리 그래도 포로로 잡혀 온 것인데 말이다.

그렇게 어이없어할 때 창을 손보던 주지율이 다가왔다.

"뒤뜰에서 수련 좀 해도 되나? 꽤 넓어 보이던데."

"뭐?"

여울은 미친놈 보듯 주지율을 쳐다봤다.

"지금 너희들 처지를 깜빡한 모양인데……."

참나못한 여울이 그렇게 한마디 할 배었다.

"부탁할게. 나도 수련할 장소가 필요했거든."

상혁이의 요청이 이어지자 여울은 언제 그랬냐는 듯 활짝 웃으며 말했다.

"당연하지! 그래도 혹시 모르니까 내 감시 아래에서 해야

해. 그 정도는 괜찮지?"

"물론이지."

상혁은 신나서 고개를 끄덕이며 여울에게 미소를 지어 보였다.

"고마워."

심쿵!

심장이 쿵 하고 내려앉는다.

'아, 비녀를 주길 잘했어.'

선인 시련 당시 상혁은 굉장히 멀리에서 내공을 담아 대화를 나누었다. 하지만 그 먼 거리에서도 상혁은 남다른 기운을 풍겼다.

태양은 아무리 멀리 있어도 눈이 부시는 법.

상혁은 그런 존재였다.

그렇기에 여울은 자신의 분신이나 다름없는 흑철 비녀를 건넨 것이다.

다시 만날 수 있는 확실한 계기를 만들기 위해서.

그 일생일대의 도박이 저 미소로 보답받은 기분이었다.

이제 같이 밥을 먹고, 손을 잡고, 입을 맞추고 그리고 마지막으로…….

그때였다.

"상혁아, 나도 같이해도 될까?"

한 여자의 목소리가 여울의 망상을 산산조각 냈다.

여울은 그 불청객을 아래위로 훑어보았다.

'뭐야? 이 다람쥐 같은 년은?'

끌려올 때도 상혁의 뒤에 딱 달라붙어 오던 여자였다. 그게 마음에 안 들어서 상혁을 자기 말에 태우기도 했었다.

'당장 거절해!'

여울은 상혁에게 강한 눈빛을 보냈으나 그런다고 상혁이 그녀의 뜻을 알아들을 리가 없었다.

"좋지! 민주가 도와주면 도움이 많이 되니까."

"헤헤."

여울은 도움이 된다는 상혁의 말에 의문을 품었다.

저 다람쥐 같은 여자는 궁사가 확실했다.

보란 듯이 활과 화살통을 차고 있었으니까.

그에 반해 상혁은 쌍검을 사용하는 듯 보이는 무사였다.

무사의 수련에 궁사가 도움이 된단 말인가?

'그래, 그렇단 말이지.'

어떤 방식으로 도움이 되는지는 알 수 없었다.

하지만 지금의 말이 사실이라면 저 다람쥐를 쫓아낼 묘수가 있었다.

"그럼 내가 도와줄게. 우리 목령인들 중에서 나보다 활을 잘 쏘는 사람은 우리 스승님뿐이거든."

그리고는 민주를 보며 미소를 지었다.

"네 친구보단 내가 더 도움이 될 거 같은데."

궁신에게 사사하는 자신을 어찌 인간 따위와 비교할까.

그러나 민주는 쉽게 물러나지 않았다.

"내가 더 도움 돼."

서하의 조언을 들은 이상 민주로서도 물러날 수가 없었던 것이다.

하지만 여울의 눈에는 가소롭게만 보였다.

"고작 너 따위가?"

여울이 노려보자 민주는 겁먹은 다람쥐처럼 상혁의 뒤로 숨었다.

그러나 뜻을 굽히지는 않았다.

"내, 내가 쓰는 궁술은 특별하단 말이야."

"어머, 그래? 근데 너 왜 말이 짧아?"

"너도 짧잖아!"

여울은 미간을 찌푸렸다.

마음에 들지 않는다. 어디서 포로 주제에, 그것도 인간 주제에 말을 섞는가?

한상혁을 제외한 인간은 하등하다고 생각하는 여울이었다.

'이년이 끼 부리네.'

피해자인 것처럼 상혁의 뒤에 숨으며 내가 나쁜 년이고, 자기는 불쌍한 사람인 것처럼 연기를 하는 것이 분명했다.

또한 나를 피하겠다는 의도로 상혁의 뒤에 숨은 척하지만, 은근히 팔뚝을 만져 대는 손길에서 속내가 훤히 보였다.

'저 가증스러운 걸 진짜 어떡하지?'

마음 같아서는 저 여자만 창고에 가둬 두고 싶으나 그런 포악한 모습을 상혁이 앞에서 보일 수는 없었다.

어떻게 하면 저 여우 같은 년을 속 시원하게 떨쳐 내고 상혁이와 오붓한 시간을 즐길 수 있을까?

여울이 팔짱을 끼고 민주를 내려다보며 고민할 때, 이 상황이 답답했던 상혁이 중재에 나섰다.

"아니, 나는 둘 다 도와줘도 별로 상관……."

"안 돼!"

여울과 민주가 동시에 외치며 상혁의 말을 끊었다.

그리곤 다시 서로를 노려보고, 잠시 후 여울이 한 가지 제안을 꺼내 들었다.

"그래, 그럼 누구의 실력이 더 좋은지 한번 겨뤄 보면 되겠네. 이왕 수련하는 거 제대로 해야 하지 않겠어?"

그러자 민주가 기다렸다는 듯이 받아들였다.

"좋아! 대신 지는 쪽은 수련에서 빠지는 거야."

걸렸다.

여울은 회심의 미소를 지었나.

"깔끔해서 좋네. 끝나고 다른 말 하기 없기다? 거기 인간. 네가 심판을 맡아라."

주지율은 스스로를 가리켰다.

"나 말인가?"

"그래, 너."

"나는 수련하느라 바빠……."

주지율은 단번에 거절하려 했으나 여울의 사나운 눈빛을 마주하곤 한숨과 함께 고개를 끄덕였다.

"하아, 알았다."

"좋아. 그럼 이동하지."

여울은 차가운 분노를 억누르며 앞으로 걸어 나갔다.

차라리 잘됐다.

경쟁자를 제거함과 동시에 자신의 실력을 상혁에게 보여 줄 좋은 기회였다.

그렇게 도착한 뒤뜰에는 궁도장이 펼쳐져 있었다. 적어도 과녁까지의 거리가 3리는 되어 보이는 넓은 곳.

얼떨결에 심판이 된 주지율이 상혁에게 물었다.

"과녁이 보이긴 해?"

"희미하게는?"

무사가 아니었다면 과녁이 있는지도 몰랐을 거리였다.

여울은 정해진 자리에 서서 말했다.

"저 과녁에 3발을 쏴서 더 잘 맞힌 쪽이 이기는 거로 하지."

여울은 의아하다는 듯 고개를 갸웃거리는 민주를 바라보며 미소 지었다.

그럴 수밖에 없겠지.

인간의 궁술은 끽해 봤자 1리를 날리는 것이 한계. 명중은 고사하고 근처에 도달시키는 것조차 불가능에 가까운 일이었다.

승패는 이미 정해진 것이나 다름없었다.

"뭐 해, 심판. 가서 대기해."

여울의 명령조에 주지율은 못마땅하다는 듯 이동했다. 이윽고 주지율이 과녁 옆에 도착하고 여울이 자세를 잡았다.

"내가 먼저 세 발을 쏘지."

여울은 활시위를 당겼다.

그녀의 전완근이 부풀어 오르고 마수의 뿔로 만든 활이 기이한 소리와 함께 휘어졌다.

호흡을 멈추고 조준하던 여울은 이윽고 시위를 놓았다.

파공음과 함께 날아간 화살은 과녁의 정중앙에 꽂혔다.

여울은 만족스러운 미소와 함께 박민주를 흘깃 바라봤다.

박민주의 표정은 여전히 좋지 않았다.

'이제야 지가 뭔 짓을 했는지 깨달았겠지.'

실력은 둘째 치고 궁사라면 눈은 좋을 터. 자신이 날린 화살이 정중앙에 꽂혔다는 것은 보았을 것이다.

'이게 우리 목령이과 인간의 차이다.'

여울은 빠르게 나머지 두 화살을 쏘았다.

두 화살 역시 빠르게 날아가 과녁의 중앙 부근에 꽂혔다.

여울은 만족스러운 미소와 함께 민주를 바라봤다.

"자, 네 차례야."

"……응. 내 화살이랑 활 써도 괜찮지?"

"물론이지. 그래야 장비 탓을 안 할 거 아니야?"

"……."

민주는 대답 없이 자리에 섰다.

그리고는 철시(鐵矢)를 꺼내 활시위에 메기기 시작했다.

민주의 비상식적인 행동에 여울은 인상을 찌푸렸다.

'희한하네.'

철시(鐵矢)는 장거리 사격에 좋지 않았다. 무거운 만큼 더 많은 힘이 필요하기 때문이었다.

이는 궁사, 아니 활을 모르는 사람이라도 모두가 아는 상식이었다.

그렇다면 저 다람쥐 같은 여자는 둘 중 하나다.

'철시를 날릴 자신이 있거나, 아니면 상상 이상으로 멍청하거나.'

저 앙큼한 년이 인간인 이상 전자는 말이 되지 않으니 당연히 후자일 터.

'싱겁네.'

쉬울 것이라곤 예상했지만 기대치에도 미치지 못하는 결과에 김이 새 버렸다.

그렇게 여울이 허무한 표정으로 상대를 응시할 무렵.

민주가 크게 숨을 들이마시며 활시위를 당겼다.

그 순간 민주의 전완근, 삼각근, 승모근을 비롯한 전신의 근육이 부풀며 덩치가 기존의 배는 커졌다.

그 모습에 여울이 놀라는 것도 잠시.

민주가 휙 몸을 돌리며 마을 쪽으로 화살을 날렸다.

쾅!

조금 전 자신이 화살을 날렸던 때와는 비교도 할 수 없는 굉음.

여울은 빠른 속도로 날아가는 화살을 멍하니 바라보다 소리를 질렀다.

"너 미쳤어?"

민주는 당황해하며 몸을 웅크렸다.

"왜, 왜 그래?"

"내가 과녁 쏘라고 했지 마을로 쏘라고 했어?"

도대체 무슨 생각인지 이해를 할 수 없었다.

만약 저 여자가 날린 화살에 마을 사람이 맞기라도 한다면 여울은 책임을 피할 수 없을 터였다.

하지만 박민주는 잔뜩 겁먹은 얼굴을 하면서도 꿋꿋하게 대꾸했다.

"그냥…… 너무 가까운 거 같아서 변화를 좀 줘 본 건데…….”

"그게 무슨……!"

여울이 뭐라 따지려는 찰나, 마을을 향해 날아갔던 화살이 마치 뱀처럼 휘어지며 과녁 정중앙에 꽂혔다.

여울은 조금 전 불같이 화를 내던 감정조차 잊은 채 과녁

한가운데에 박힌 화살을 멍하니 바라볼 수밖에 없었다.

'……말도 안 돼!'

두 눈으로 보고도 믿기지 않았다.

하지만 부정할 수도 없는 노릇이다. 누구보다도 열심히 수
련해 왔던 자신이기에 알 수 있었다.

저 인간이 사용한 궁술은 틀림없는 천리사궁.

여태껏 자신이 배워 온 것과 한 치도 다르지 않았다.

'그럴 리가 없는데…….'

천리사궁이 어떤 궁술인가?

목령인들이 만들고, 목령인들에게만 전수되어 온 궁술이다.

현 시점에선 오직 스승님과 자신만이 사용할 수 있는 바로
그 무공을 어떻게 익힐 수 있었단 말인가?

당혹스러움은 이내 분노로 바뀌었다.

'아니야! 인간 따위가 천리사궁을 익혔을 리가 없어!'

자신이 잘못 본 것일 터였다.

비슷한 아류작이겠지.

그래, 분명 그럴 것이다.

여울은 최대한 평정심을 유지하며 말했다.

"너무 가까운 거 같아서 변화를 줘 봤다고? 그럼 더 멀리
날릴 수 있다는 말 같은데?"

"응. 지금은 10리 정도까지 가능해."

터무니없는 소리에 여울은 콧방귀를 뀌었다.

"그렇게 먼 거리를 날릴 수 있는 궁술이 있다는 건 처음 듣는데?"

"있어."

민주는 순수한 미소로 말했다.

"천리사궁이라고 천 리까지 날릴 수 있다는 뜻……."

그 순간이었다.

여울이 박민주의 멱살을 잡아 들어 올렸다.

민주가 놀라서 소리를 지르자 상혁이 두 사람을 말리기 위해 달려들었다.

"왜 그래?"

하지만 흥분한 여울의 눈에는 상혁마저 보이지 않았다.

"네가 어떻게 천리사궁을 배웠지?"

"그, 그 서하가 알려 줬는데."

"서하라면 스승님과 함께 간 그 이서하?"

"마, 맞아."

이들의 대장 격인 인물이었다. 여울은 잡았던 멱살을 놓으며 말했다.

"인간 따위가 천리사궁을 알고 있다고? 그럴 리기."

단순히 이름만 같은 궁술일 것이다.

어디서 주워들은 것일지도 모르고.

그것도 아니라면 호현을 떠나 인간 세계로 간 누군가에게서 이름이 전해져 따라 한 것일 수도 있다.

어찌 됐든.

쉽게 믿을 수 있는 말은 아니었다.

"그럼 다시 한번 해 봐. 할 수 있는 최대치로."

진짜 천리사궁이 맞는지 다시 한번 확인해 볼 생각이었다.

"하! 그래, 네가 그렇게까지 말하면 이렇게 하면 되겠네. 마을로 날려서 세 번 회전한 뒤 다시 과녁으로 오는 거로?"

"가능하긴 한데……."

"그러니까 보여 달라고. 10리까지 가능하다며. 왜? 가짜라 못 하겠어? 거짓말한 거면 지금이라도 솔직하게 말해. 용서해 줄 테니까."

"가짜 아니야!"

가짜라는 말에 민주 또한 오기가 생긴 듯 중얼거렸다.

"그럼 지금 당장 해 보든가."

여울은 뒤로 물러나 팔짱을 끼며 차가운 얼굴로 민주를 노려봤다.

저 여자는 절대로 할 수 없을 것이다.

조금 전 제안한 것은 궁신의 수제자인 자신조차 할 수 없는 주문이었다.

'오기를 부렸으면 대가를 치러야지.'

그렇게 생각하는 순간.

심호흡을 한 민주가 화살 다섯 발을 한 번에 쏘아 냈다.

'5발?'

여울이 하늘로 날아가는 화살들을 당황해하며 바라보는 것도 잠시.

한 번 더 시위를 튕기는 소리가 들려왔다.

이번에도 5발.

총 10발의 화살이 마을을 향해 날아간 것이었다.

"……!"

정말로 박민주가 쏜 화살은 마을에서 유영한 뒤 돌아올까?

여울은 그 사실을 확인하기 위해 담장을 넘어 화살의 뒤를 쫓았다.

'절대로 불가능해!'

그런데 왜 이렇게 불안할까?

이윽고 도착한 마을.

여울은 자신의 주문대로 세 번 회전하는 화살들을 바라보며 머리를 부여잡았다.

"말도 안 돼! 어떻게 나보다……!"

더 높은 경지의 천리사궁을 익힌 것인가?

그것도 인간 따위가.

그렇게 좌절한 때였다.

"이 미친년아!"

스승님의 목소리.

여울은 사색이 되어 분노한 스승을 바라봤다.

그러 여울을 놀리듯 민주의 화살은 다시 저택으로 돌아가고 있었다.

◆ ◇ ◆

　유연의 저택으로 돌아온 나는 아직 충격에서 벗어나지 못한 상태였다.

　궁신이 산족, 아니 목령인이었다니.

　꿈에도 생각지 못했다.

　'어쩐지 그 정도 실력이면 왕국에 소문이 날 만도 한데 그런 게 전혀 없었지.'

　문제는 그 궁신에게 나쁜 인상을 심어 주었다는 것이다.

　도둑놈 중에 가장 악질이 무공 도둑이라고 하지 않은가.

　그리고 바로 내가 그 악질 도둑이었다.

　나는 한숨과 함께 말했다.

　"하아, 민주야. 얌전히 있지 그랬냐?"

　"그게, 얘가 먼저 도발해서……."

　"네가 날 도발한 거잖아!"

　"내가 언제?"

　"어쭈? 내 앞에서 상혁이랑 친한 척 막 손잡고 그랬잖아."

　"그게 왜 도발이야? 내가 더 친한데."

　"이게……."

　"둘 다 입 다물어라."

유연의 나지막한 음성에 여울과 민주가 고개를 푹 숙였다.

난 그런 두 사람을 바라보며 혀를 찼다.

"쯧쯧쯧, 매를 벌어요. 매를."

"너도 닥쳐."

"……."

맞아. 나도 죄인이었지.

이윽고 유연은 상석에 앉으며 한숨을 내쉬었다.

"그러니까 너는 이서하에게 천리사궁의 비급을 받아 익혔다?"

"네."

"이서하가 그 비급을 어떻게 얻었는지는 모르고?"

"그게……."

민주가 대답하지 못하자 유연이 나를 돌아봤다.

"다시 묻지. 넌 어떻게 얻었냐?"

"아미숲 근처의 비고에서 얻었습니다."

"정확히 어디?"

"그게, 아미숲 동쪽에 가면 폭포가 있는데 그 근처 어딘가
에서……."

"거짓말이네."

아오, 미치겠네.

나보고 어쩌라는 건지 모르겠다.

진실을 말해도 믿지 않고, 서릿발을 하면 또 거짓말했다고
뭐라 하고.

뭘 말해도 부정만 할 거면 대체 왜 물어보는 거야?

'이젠 나도 모르겠다.'

말해 봐야 입만 아프니 나도 말 안 할 거다.

그렇게 입을 꾹 닫자 유연이 나를 빤히 쳐다보다 입을 열었다.

"어쩔 수 없지. 비급의 출처는 천천히 듣기로 하고."

유연은 민주에게로 고개를 돌렸다.

"박민주라고 했나?"

"네? 네! 박민주입니다!"

"오늘부터 넌 내 제자다."

"네?"

뭐?

지금 뭐라고…….

그때였다.

"절대로 안 됩니다! 인간 따위가 대장님 제자라뇨? 어불성설입니다!"

여울이 책상을 치며 강하게 반대했다.

하지만 유연은 그런 여울의 이마에 딱밤을 날려 주는 것으로 대답을 대신했다.

감정이 들어갔는지 딱! 소리가 선명하게 울려 퍼졌다.

"입 다물어. 이년아."

"악!"

그리고는 팔짱을 끼며 민주를 바라봤다.

"정식 제자가 되어야 천리사궁이 인간 세상에 퍼지는 걸 막을 수 있겠지. 너에게 선택권은 없다. 목령인이 아닐지라도, 천리사궁을 익힌 이상 너는 우리 사문의 소속이 되어야 하니까."

"어……."

민주가 당황하는 사이 유연은 말을 이어 갔다.

"사문의 일원이 되었으니 사문의 규율에 따라 허락 없이는 그 누구에게도 천리사궁을 가르쳐서는 안 된다. 알겠느냐?"

"네, 네. 그러겠습니다."

"좋아. 사제의 연을 맺었으니 정확한 실력부터 확인해 봐야겠지. 당장 활 챙겨서 나와라."

유연이 밖으로 나가자 여울이 그녀의 뒤를 따랐다.

"스승님! 같이 가요!"

여울마저 따라 나가고 나는 민주와 눈을 마주쳤다.

"나 어떻게 되는 거야? 서하야."

"나도 모르겠다."

난들 알겠냐?

하지만 한 가지는 확실했다.

"이것도 운명 아닐까? 받아들여."

그렇게 민주는 이번 생에도 궁신의 제자가 되었다.

◆ ◈ ◆

유연과 이서하가 떠난 뒤 장로들은 그대로 앉아 고민을 이어 갔다. 그렇게 잠시 시간이 흐른 뒤 제사장이 양쪽을 바라보며 의견을 물었다.

"어떻게 하시겠습니까?"

메기수염의 집정관은 짜증 가득한 얼굴로 입을 열었다.

"인간 놈들의 습성은 충분히 알지 않습니까? 지금이야 자기들한테 필요한 게 있어 납작 엎드리고 있습니다만, 언제 또 다시 배신할지 모르는 놈들입니다."

"집정관의 말이 맞소이다."

집정관과 대장군의 반응을 본 제사장은 이해한다는 듯 고개를 끄덕였다.

애초에 답이 정해진 회의였다.

안건으로 상정되었기에 형식상의 대화를 나누었을 뿐.

인간과의 동맹을 집정관과 대장군이 승낙할 리 없었다.

"그렇다면 동맹은 없었던 걸로……."

"크음."

제사장이 회의를 마무리하려 할 때 누군가 헛기침을 하며 말허리를 잘랐다.

시종일관 불만을 표해 왔던 집정관이었다.

그는 탐탁지 않은 얼굴로 반론을 꺼내 들었다.

"하지만 현재 호현의 상황이 좋지 않은 것 또한 사실입니다."

"그게 뭔 소리요? 집정관."

방금 전까지 함께 반대 의사를 드러내던 이가 급작스레 태도를 바꾸자 대장군으로선 납득하기 어려웠다.

하지만 집정관에겐 당연한 일이었다.

인간들이 마음에 안 드는 건 안 드는 거고 현실은 또 현실이었으니 말이다.

"호현의 인구가 늘어남에 따라 식량 문제가 대두되고 있습니다."

"그 문제는 군이 사냥을 통해 해결했다고 생각하오만."

"정말 그렇게 생각하십니까?"

사뭇 도발적인 발언에 대장군은 미간을 찌푸렸다. 하지만 집정관은 말을 멈추지 않았다.

"급한 불을 끈 것일 뿐, 문제가 해결된 것은 아닙니다. 여전히 많은 것이 부족합니다."

그리고는 제사장에게 동의를 구하듯 말을 이어 갔다.

"식량, 자원, 뭐 하나 충분한 것이 없습니다. 이 상태가 계속되다가는 가까운 미래 큰 위기가 찾아올 것입니다."

"그렇습니까? 그거 큰일이군요. 그럼 어떻게 하면 좋겠습니까?"

집정관은 메기수염을 쓰다듬으며 마음을 다잡고는 제사장에게 답해 주었다.

"인간과의 동맹을 받아들여야 합니다."

인간은 혐오스럽다.

그건 집정관도 인정하는 바였다. 유연이 이서하를 데리고 들어왔을 때 격하게 반응한 것도 그 때문이었다.

하지만 동맹까지 동일한 시각으로 바라봐서는 안 됐다.

작금의 호현이 마주한 상황은 최악 그 자체.

만약 이서하가 제안한 조건들이 모두 이행된다면, 산적한 문제들은 손쉽게 해결할 수 있을 것이다.

그렇기에 인간 혐오라는 단순한 이유로 거절할 수 없었다.

다만, 그것은 호현의 상태를 잘 아는 집정관의 생각일 뿐.

대장군의 생각은 달랐다.

"집정관 우사!"

대장군은 시뻘게진 얼굴로 목에 핏대를 세우며 고래고래 소리쳤다.

"어찌 인간과 손을 잡을 생각을 한단 말이오! 그대는 치욕의 지난날을 잊었소!"

"치욕이라고 해도 우리가 태어나기 전의 일이 아닙니까?"

"그 말은, 선대들이 겪었던 고난의 역사가 우리에겐 해당되는 일이 아니다?"

"그런 말이 아니지 않습니까? 장군."

"방금 한 말이 그 뜻 아니오! 집정관이란 자가 그런 망발을 내뱉다니. 어디 입이 있으면 변명을 해 보시오!"

"……"

대장군의 반응을 예상한 우사는 속으로 고개를 절레절레

흔들었다.

'어찌 저리 고지식할 수가…….'

언제나 이런 식이었다.

대장군이랍시고 정찰대와 수비대를 동원해 마수나 사냥하러 다녔지, 도시 사정에 대해서는 일절 관심이 없었다.

그러니 식량이 다 떨어지면 남의 일인 것마냥 '그렇게 관리를 잘하지 그랬소?'라면서 핀잔이나 주는 것일 테지.

생각해 보니 열 받는다.

자신은 종족의 안녕과 번영을 위해 머리를 싸매며 고심하고 있는데, 그런 노력을 깔보며 사소한 것으로 치부하는 작태가 못마땅했다.

우사는 분노를 이기지 못하고 자리에서 일어났다.

"호현의 뒤쪽으로는 깎아지른 절벽이고, 아래는 아미숲의 늪지대가 둘러싸고 있습니다. 이 탁상지 어디에도 농사를 지을 공간이 없다는 말입니다. 하여, 나로서는 어떻게 하면 앞으로 있을 식량난을 버텨 낼 수 있을지 마땅한 방도가 떠오르지 않습니다. 이에 풍백 대장군께 묻겠습니다. 고명하신 대장군이시라면 당연히 방책을 갖고 계시겠지요?"

"영토가 문제라면 인간들의 땅을 뺏어서라도 넓히면 될 일 아니오!"

"역시 대장군님다운 고명한 생각이시군요. 인간들과 전쟁을 벌여 성산(聖山)이 피로 물들면 조상님들께서 아주 좋아하시겠습니다!"

"지금 나를 도발하는 것이오? 우사!"

"도발은 대장군께서 먼저 하지 않으셨습니까!"

그때 나지막한 음성이 들려왔다.

"그만."

제사장의 작은 한마디에 금방이라도 무기를 뺄 들 것처럼 으르렁거리던 우사와 풍백이 동시에 입을 다물었다.

"다 싸우셨습니까?"

제사장의 말에 두 사람은 면목 없다는 듯 고개를 숙이며 자리에 앉았다.

"그럼 제가 말을 해도 되겠습니까?"

"네, 제사장님."

"추태를 부려 죄송합니다."

제사장은 인자한 미소와 함께 입을 열었다.

"집정관님은 찬성에 한 표, 대장군님의 반대의 한 표를 던졌다고 이해하겠습니다. 그럼 저의 의견을 말하겠습니다."

우사와 풍백은 제사장에게로 시선을 돌렸다.

장로 회의는 다수결로 진행된다. 기권표는 던질 수가 없었으며 무조건 찬성, 반대 둘 중 하나에만 투표해야 한다.

즉 이번 동맹 체결의 가부가 제사장의 결정에 달린 것이었다.

제사장은 미소와 함께 말했다.

"저는 인간들과 동맹을 맺는 것이 좋으리라 생각됩니다."

"……!"

대장군은 눈을 부릅떴다.

과거의 일을 누구보다 잘 아는 제사장이 인간들과의 동맹을 지지하고 나서다니.

그로서는 도무지 믿기지 않는 일이었다.

"다시 한번 생각해 보십시오. 제사장님. 인간들이 무슨 짓을 했는지 제사장님은 잘 알지 않소이까?"

"잘 알고 있습니다. 하지만……."

제사장은 확고한 표정으로 말했다.

"그것이 우리 생명수의 뜻입니다."

생명수의 뜻. 그 말에 풍백은 입을 다물 수밖에 없었다.

목령인 중 생명수와 소통할 수 있는 존재는 오직 제사장만이 유일했다.

그런 그녀가 생명수의 뜻임을 밝힌 것이었다.

"생명수께서는 우리와 인간의 공존을 바라고 있으신가 봅니다."

대장군의 말문이 막히자 우사가 벌떡 일어났다.

"회의는 마무리된 거 같군요."

제사장의 말대로 인간과의 공존이 생명수의 뜻이라면 더는 논쟁의 여지가 없었다.

"그럼 최대한 많은 것을 얻어 내는 쪽으로 협상을 진행해 보겠습니다."

묘하게 들뜬 것만 같은 우사가 나가고 풍백은 천천히 몸을 일으켰다.

아무리 생명수의 뜻이라도 이해를 할 수 없었다.

'분명 이 선택을 후회할 날이 올 것이다.'

풍백은 생명수를 원망스러운 듯 올려 보다가 회의장 밖으로 걸어 나갔다.

그렇게 밖으로 나온 풍백은 수비대가 모여 있는 병영으로 향했다.

인간들을 위해 떠날 다섯 명의 목령인을 선별해야 했기 때문이다.

'고수라고 했으니 어중이떠중이는 갈 수 없을 게야.'

그렇게 생각하며 병영에 발을 들일 때였다.

"아! 이제야 오시네."

부하들이 퍼떡이 되어 무릎을 꿇고 있는 것이 보였다.

그리고 그 앞에는 두 남자가 앉아 있다.

"저분이 대장군인가?"

허공을 향해 읊조리던 한 사람이 무언가를 들은 듯 고개를 끄덕이더니 말했다.

"반갑소, 풍백 대장군. 기다리고 있었소."

"······!"

풍백은 천천히 다가오는 남자를 보고 놀람을 감출 수 없었다. 은발 머리와 붉은 눈. 거기에 뿔까지 달린 존재.

바로 나찰이었다.

'인간이 들어온 것으로 모자라 이번에는 나찰까지……'

개나 소나 이 성스러운 땅에 발을 디디는가?

가뜩이나 기분이 좋지 않던 풍백은 바로 기를 폭발시켰다.

"감히 여기가 어디라고……!"

그렇게 폭발한 분노를 밖으로 터트리려는 순간.

"워워."

풍백은 휘둥그레진 눈으로 엡실론을 올려 볼 수밖에 없었다.

엡실론이 풍백의 바로 앞으로 이동한 것이었다.

반응조차 할 수 없을 만큼 순식간에 벌어진 일이었다.

엡실론은 비릿한 미소를 지으며 풍백의 옷깃을 여며 주었다.

"우리는 싸우러 온 게 아니오."

그리고는 뒤를 슬쩍 보고는 부연 설명을 덧붙였다.

"부하들 일은 미안하오. 다짜고짜 덤벼 대는 통에 어쩔 수
없었소."

풍백은 인상을 찌푸렸다.

"그 말을 어떻게 믿지?"

"이야기를 들어 보면 믿을 수밖에 없을 것이오. 빈 그대에
게 한 가지 경고를 해 주러 왔을 뿐이니."

"……경고?"

나찰이 호현까지 찾아와 목령인에게 경고를 해 줄 만한 일
이 있던가?

"그렇소. 그대와 마찬가지로 인간을 아주 혐오하는 처지에서 말이지."

인간이라는 단어에 풍백의 머릿속에 한 사람이 스쳐 지나갔다.

풍백의 표정에서 적의가 사라짐을 확인한 엡실론은 미소를 지으며 자리를 권했다.

"안으로 가서 대화하겠소?"

마치 운명처럼 이번 생에도 궁신의 제자가 된 민주는 힘든 시간을 보내고 있었다.

유연은 수십 발의 화살을 쏜 박민주에게 다가가 고개를 끄덕였다.

"나쁘지 않네. 여울이보다는 나아."

"스승님!"

"그러니까 평소에 수련 열심히 하라고 했지?"

"헐! 너무하십니다."

여울은 입을 삐죽 내밀고는 뒤로 물러났다.

똑같이 재능이 없는 입장에서 난 여울의 심정을 충분히 이해할 수 있었다.

'반론의 여지가 없겠지.'

활에 대해 잘 모르는 입장에서 보더라도 두 사람 사이에는 확실한 실력 차가 존재했다.

　범인은 죽었다 깨어나도 노력하는 천재를 따라가지 못하는 법이다.

　'괜히 회귀 전에 궁신의 제자가 된 게 아니구나.'

　유연은 박민주의 옆으로 가서 말했다.

　"예측력, 그리고 제어력은 좋지만 아직 기본이 부족해."

　"기본이라뇨?"

　"천리사궁의 가장 큰 장점이 무엇이라고 생각하느냐?"

　"먼 거리에서 적을 맞힐 수 있는 건가요?"

　"그래, 저격이지. 그렇다면 저격의 필수 요소는?"

　"정확도요."

　"그리고?"

　"그, 그게……."

　민주가 멍하니 서 있자 여울이 손을 번쩍 들었다.

　"파괴력입니다!"

　"정답이다. 그래도 이론은 나한테 배운 네가 낫네."

　여울은 주먹을 쥐어 보이며 작은 승리를 만끽했다. 유연은 두 사람 모두 들으라는 듯 설명을 이어 갔다.

　"저격이란 단 한 발로 적을 죽이는 암살과도 같은 것이야. 아무리 정확하게 날렸다 한들 화살이 미실비실하면 고수늘은 쉽게 쳐 내지. 설령 쳐 내지 못했더라도 그들의 호신강기

261

를 뚫을 수 없다면 위치만 드러내는 꼴이 되겠지. 먼 거리에서 공격할 수 있다는 이점도 적을 제압할 수 있을 때에야 비로소 빛을 보기 마련이다."

유연의 말에 민주와 여울은 동시에 고개를 끄덕였다.

"그러니 천리사궁을 익힌 자는 그 어떤 공격도 정확하고 강력하게 꽂아 넣을 수 있어야 한다."

두 제자가 걱정스러운 얼굴로 바라보자 유연은 미소와 함께 말했다.

"천천히 보안해 나가면 된다. 그럼 내일부터 본격적인 수련을 시작할 터이니 그렇게 알고 있어라."

응? 내일부터 본격적인 수련이라니?

빠르면 당장 내일이라도 떠날 수 있는데 말이다.

나는 유연에게 다가가 물었다.

"내일부터요? 우리 광명대는 내일이나 그다음 날 떠날 예정입니다만."

"이 아이는 이제부터 여기 머물 것이다. 너희들만 떠나면 되겠구나."

민주가 당황한 얼굴로 나를 바라봤다. 아니, 아무리 궁신이라도, 회귀 전 민주의 스승이라도 그렇지. 내가 애지중지 키운 저격수를 이렇게 홀라당 데리고 가 버릴 수는 없다.

"제 부대원입니다만."

"하지만 이제 내 제자지."

"인간이 목령인들과 살 수나 있습니까?"

"힘들긴 하지만 전례가 없었던 것은 아니다."

"민주야, 넌 어떡하고 싶은데?"

이럴 때는 본인 입으로 말하는 게 최고다.

"나? 나는 그래도 상혁이랑 같이 가야……."

"그럼 상혁이라는 아이도 여기 남으면 되겠구나."

아니, 이 아줌마가.

날로 먹으려고 그러시네.

"안 됩니다. 민주는 제 부대원이니 데리고 가겠습니다. 본인도 원하고요."

그러자 유연이 콧방귀를 뀌었다.

"고작 그따위 실력으로 돌아가겠다고? 전혀 도움이 안 될 텐데?"

그 말에 민주가 충격받은 얼굴로 풀이 죽었다.

하지만 나는 동의할 수 없었다.

지금까지 민주가 해 준 게 얼마인데.

"민주는 지금까지 잘해 왔습니다. 앞으로도 중요한 전력이 될 것이고요."

"그건 인간을 상대해 왔으니 그런 거겠지. 하지만 앞으로도 그럴 수 있을까?"

유연은 딱 잘라 말했다.

"너의 말대로라면 앞으로의 상대는 나찰이 될 것이다. 물론 어중이떠중이들은 지금 실력으로도 어떻게 할 수 있겠지. 하지만 그런 놈들만을 상대할 거였다면, 우리에게 도움을 청할 이유가 있나?"

……할 말이 없다. 부정할 수 없을 정도로 내 현실을 적나라하게 짚고 있었다.

'생각이 짧았어.'

생원과가 목표이긴 했지만, 목령인의 포섭 또한 포함되어 있었다.

그것이 내가 이곳에 찾아온 이유.

스승님을 치료함과 동시에 보다 긍정적인 미래를 만들기 위함이었다.

유연은 그보다 더 좋은 결과를 만들어 낼 방향을 제시해 주고 있었다.

그런 절호의 기회를 민주를 빼앗기는 것으로 여기고 반대한 꼴이라니.

'창피해서 고개를 들 수가 없네.'

유연의 말처럼, 지금의 민주는 결코 위대한 일곱 혈족을 상대할 수 없을 것이다.

백이면 백 패배할 것이고, 한 번도 살아남지 못하겠지.

유연은 그런 제자를 진심으로 걱정해 제안하고 있는 것이다.

그렇다면 외부인인 내가 끼어들 상황이 아니다.

스승으로서 던지는 물음은 제자가 답할 일이었다.

내 심경 변화를 눈치챘는지 유연은 민주에게로 시선을 돌렸다.

"제자야, 다시 한번 묻겠다."

민주는 겁먹은 얼굴로 유연을 올려 보았다.

"지금 실력에 만족하느냐? 그것만으로 네 사람들을 지킬 수 있다 자신할 수 있느냐?"

그리고는 상혁이를 힐끗 바라보았고 민주 또한 그녀를 따라 시선을 돌렸다.

유연의 말대로 내 사람을 지키기 위해서는 힘이 필요하다. 그 사실을 나는 누구보다 잘 알고 있었고, 민주 역시 같은 마음일 것이다.

민주는 입술을 깨물며 대답했다.

"자신할 수…… 없습니다."

"그렇다면 여기 남아 수련에 임하거라. 그것이 가능해지도록 만들어 주마."

"……."

민주는 잠시 고민하다 고개를 끄덕였다.

"그럼 남을게요."

결국에 민주는 남는구나. 전력을 뺏긴 셈이 되었지만 좋게 생각하자.

회귀 전에도 사이가 좋던 사제지간이다.

궁신과 함께라면 민주는 회귀 전, 궁신의 재림이라고 불렸던 그 모습을 빠르게 되찾을 수 있을 것이었다.

그리고 그때는 왕국의 기둥이 되어 활약해 주겠지.

이렇게 된 거 나는 유연에게 다가가 말했다.

"그럼 민주를 잘 부탁합니다."

"내 제자다. 네가 말하지 않아도 잘 키울 생각이야."

"돌려보내 주는 것도 잊지 마시고요."

"자기 몸 지킬 실력이 되면 보내지 말라고 해도 보낼 생각
이다."

그때였다.

"인간 이서하는 여기 있나?"

한 목령인이 나를 불렀다. 나는 그의 앞으로 걸어가며 말
했다.

"접니다만, 무슨 일이십니까?"

"동맹에 관한 세부 사항을 조정하기 위해 인간 이서하는
한 식경(30분) 내로 집정관 저택으로 오라. 우사 집정관님의
전언이다."

전령은 그 말만을 전하곤 밖으로 나갔지만, 나는 여전히 무
슨 일이 벌어진 것인지 이해할 수 없었다.

'뭐가 어떻게 된 건지······.'

뜻밖의 결과였다.

뿌리 깊게 박힌 인간 혐오로 인해 난항이 이어질 것이라 예
상하고 있었다.

당장 내일이 되면 어떻게 장로들의 마음을 돌려놓아야 할까 고민하고 있었으니 말이다.

그런데 이렇게 쉽게 풀린다고?

답변이 도착한 시기도 황당하긴 마찬가지였다.

'심사숙고할 것처럼 말하더니 이렇게 빨리 답을 보냈다?'

제사장이 요구한 건 내일까지 시간을 달라는 것이었다.

그리고 그 말을 꺼낸 게 당장 오늘의 일이다.

그런데 당일 통보로 모자라 바로 세부 사항 협상에 들어가자고 한다?

이건 장로들이, 아니 장로 중 누군가가 서둘렀다고밖에 볼 수 없다.

아마 그건 나를 직접 부른 집정관일 것이다.

나는 유연을 돌아보았다.

그녀 또한 많이 놀랐는지 당황한 기색이 역력했다.

정찰대장으로 나름 지위가 있는 그녀조차도 예상하지 못했다는 뜻이다.

그렇다면······.

"어기 상황이 많이 안 좋은기 봅니다."

협상에서 반은 먹고 들어가는 셈이다.

이렇게 된 이상 동맹과 생원과.

두 마리 토끼를 전부 잡아 보사.

Chapter 108.

집정관의 저택.

유연과 함께 도착한 나는 하인의 안내를 받아 회의실로 향했다. 그곳에는 수많은 문관들이 모여 있었다.

서류들이 여기저기 마구잡이로 놓여 있는 것이 이미 한바탕 회의를 치른 것이 분명했다.

이로 보아 호현의 문제가 어마어마하다는 내 예상이 맞다는 것을 알 수 있었다.

목령인들이 이번 협상에 어느 정도는 간절하다는 뜻도 엿보이고 말이다.

'그나저나 이렇게 빨리 결정을 내릴 줄이야.'

첫 만남에서 보인 집정관의 반응을 생각한다면 이렇게 협상 자리가 마련된 것만으로도 그가 큰 결정을 내렸음을 알 수 있었다.

그러니 이제부턴 정신 똑바로 차려야 한다.

종족의 미래를 결정하는 자리인 만큼 짧은 시간이나마 집정관 역시 제대로 준비해 왔을 터.

'최대한 많은 것을 얻어 내려 하겠지.'

자존심을 포기하며 협상을 시작한 만큼 못해도 그에 상응할 만한 대가를 조건으로 내세울 것이 분명했다.

그렇게 생각할 때 집정관이 안으로 들어왔다.

모두가 일어나려 하자 우사는 손을 들어 보이며 자제시켰다. 그리고는 서류에 시선을 고정한 채 내 앞에 앉았다.

"네가 원하는 대로 빠르게 결정을 내렸다. 인간. 감사히 여기도록."

"물론이죠. 집정관님의 노고에 감사드립니다."

"아무렴. 하지만 장난을 치려 든다면 이 협상 자리는 바로 없던 일이 될 것이다."

"그 점은 걱정하지 않으셔도 됩니다."

초장부터 강하게 나오고 있지만 위축될 필요는 없다.

협상을 마련하기 전까진 저들이 갑이었겠지만, 마주 앉게 된 이후부터는 내가 갑이니까.

"그럼 거두절미하고 내용부터 살펴봐도 되겠습니까?"

"그리하도록."

우사가 고개를 끄덕이자 그의 부하가 수십 장의 서류를 내밀었다.

식량, 광석, 목화 등 기본적인 자원은 물론이고 기와나 농기구 같은 물건들 또한 포함되어 있었다.

나는 그것들을 하나하나 확인하며 슬쩍 미소를 지어 보였다.

'생각했던 그대로네.'

우사는 인간들에게는 별 가치가 없는 흔한 물품들을 요구 사항에 포함시켰다.

이는 목령인들의 기술력이 뛰어나지 못하기 때문이다.

자연 친화적으로 살아온 영향도 있지만, 스스로를 고립시킨 것 또한 한몫했다.

'애써 혐오의 감정으로 부정하고 있지만, 인간의 물건들이 유용하다는 건 속으로도 인정하고 있다는 말이겠지.'

나는 잠시 생각하다 고개를 끄덕였다.

이 부분을 잘 이용하면 두 마리의 토끼를 손쉽게 잡을 수 있을 것만 같았다.

그래도 처음은 조심스럽게 다가가 보자.

"상당한 양이군요."

나의 말에 우사가 콧방귀를 뀌었다.

"우리와 동맹을 맺는 것치고는 싼값이지. 난 기기서 쌀 한 톨도 뺄 생각이 없네. 흥정할 생각이라면 입도 열지 말게나."

나는 미소를 지었다.

흥정할 필요도 없을 정도의 양이었다.

"흥정할 생각이라뇨? 그저 이 물품들을 어떻게 성산의 꼭대기인 호현까지 옮겨야 하나 고민했을 뿐입니다. 그 부분은 추후 생각해 보도록 하고, 일단 집정관님의 제안을 받아들이도록 하죠."

예상치 못한 대답이었는지 우사는 미간을 찌푸렸다.

이렇게 순순히 받아들이리라고는 그도 생각하지 못한 것만 같았다.

"……대답이 빠르군. 너희 왕과 대화 정도는 나눠 봐야 하지 않겠나?"

"괜찮습니다. 이 정도 양은 제 선에서 충분히 해결 가능하니까요."

해리슨 상회와의 거래 이후 은악상단은 더욱 큰 부를 손에 넣었다.

그 자금을 토대로 식량은 신평과, 농기구나 기와 같은 것은 운성에 있는 한영수와 연계한다면 충분히 준비할 수 있다.

물론 돈이야 어마어마하게 들겠지만 우사의 말대로 목령인들과 동맹을 맺는 데 쓰는 것이라면 아깝지도 않다.

살아 있을 때나 돈이지 나찰에게 패해 죽고 난 뒤에는 무슨 쓸모가 있겠나?

"얘기가 잘 통했군. 그럼 서류에 적힌 자원들은 언제까지 보내 줄 수 있나?"

"먼저 두 달 이내로 식량 및 생필품들을 보내 드리도록 하겠습니다. 아무래도 다른 물품들은 시간이 좀 걸릴 거 같아서 말이죠."

"그렇군. 그럼 다섯 명 중 두 명만 보내도록 하지."

"세 명으로 부탁합니다."

"둘도 최대한 배려해 준 것이네."

"이번 건에 있어서는 저도 물러설 생각이 없습니다. 전 셋을 요구하는 바입니다."

"……."

우사는 말없이 나를 노려보았다.

하지만 이번에는 나도 뜻을 굽히지 않을 생각이었다.

한쪽이 일방적으로 물러서는 것을 협상이라고 말하지 않는다.

협상을 빙자한 강탈이라면 모를까.

그리고 상대방의 요구를 수용하는 만큼 이쪽도 요구할 건 요구해야 우습게 보이지 않는다.

어차피 절실한 건 양측 모두 비슷할 터.

이번에는 내가 원하는 섯을 받아 가야겠다.

그렇게 한참 나를 노려보던 우사는 작게 숨을 내쉬며 나지막이 말했다.

"좋아. 3명으로 보내 주도록 하마. 대신 반드시 두 달 안에 식량과 생필품을 보내야 할 것이야."

"일정에 맞추도록 하겠습니다."

"그럼 다음으로 땅에 대해 말해 보도록 하지. 어디를 양도할 생각인가?"

"아미숲 바로 앞의 땅을 드리겠습니다. 면적은 30만 평 정도 어떻습니까?"

"50만 평. 역시나 단 1평도 줄일 생각은 없네."

"그럼 50만 평으로 하죠."

우사는 피식 웃었다.

"그 역시 네 소관으로 가능한 일인 것이냐?"

"가능합니다. 국왕 전하께서는 이번 전쟁에서 이기기 위해 수단과 방법을 가릴 생각이 없으시니까요. 양도서는 빠르게 작성해 보내 드리도록 하겠습니다."

내 말이라면 100만 평이어도 줄 사람이니 이 부분도 걱정은 없다.

우사는 만족스러운 듯 고개를 끄덕였다.

"대화가 빨리 끝났군. 그럼 약속대로 잘 이행하도록. 이서하."

처음으로 내 이름을 정확하게 부른 우사였다. 그만큼 그의 입장에서 이번 거래가 잘 풀렸다는 뜻이겠지.

하지만 그건 그쪽 입장일 뿐이고, 나는 아직 볼일이 남았다.

"그런데 이걸로 충분하시겠습니까?"

몸을 일으키던 그는 내 물음에 행동을 멈추었다.

"충분하겠냐니? 그게 무슨 소리지?"

"집정관님이 주신 목록대로라면 호현의 삶을 윤택하게 만들기엔 충분할 것입니다. 적어도 향후 10년은 말이죠. 하지만 10년 뒤에는 어쩌실 생각이십니까?"

"그건 너 따위가 걱정할 일이 아니다."

말은 거칠게 했지만 우사는 다시 자리에 앉았다.

이는 내 말의 핵심을 정확하게 이해했다는 뜻이었다.

'이성적인 사람이다.'

인간에 대한 혐오는 확실하지만, 대의를 위해서라면 대화의 문을 열기에 주저함이 없다.

이런 사람이 집정관으로 있다는 건 목령인들에게 더할 나위 없는 축복일 것이다.

물론 나에게도 좋은 일이고 말이다.

"주제넘었다면 죄송합니다. 하지만 이 말을 꼭 전해 드리고 싶었습니다. 인간들의 옛말 중 이런 문구가 있습니다. 고기를 잡아 주면 한 끼밖에 못 먹지만 잡는 방법을 가르쳐 주면 평생을 먹고살 수 있다."

그 순간 우사의 눈빛이 확연하게 달라졌다.

숨겨진 진의를 안벽하게 이해했다는 뜻이다.

이제 남은 것은 그의 욕망에 불을 지피기 위해 숨겨 뒀던 수를 꺼내 드는 것.

"인간들의 기술이 탐나지 않으십니까?"

그러자 옆에서 듣고 있던 목령인 중 한 사람이 비웃으며 대꾸했다.

"하! 우리 목령인들이 열등한 인간 놈들 따위의 기술을 탐하리라 생각하는가?"

역시나 우월주의에 빠져 현실을 제대로 직시하지 못하는 이들은 여전히 남아 있다.

하지만 상관없다. 저런 조무래기들의 의견 따윈 신경 쓸 가치도 없으니까.

이곳에서 유일한 의미를 갖는 것은 문관들의 장, 집정관 우사의 생각뿐.

그가 어떤 대답을 꺼내느냐가 관건이었다.

'많이 고민되나 보네.'

그는 깊은 고민에 빠진 듯 심각한 얼굴이었다.

아마도 머릿속으로 열심히 저울질을 하고 있겠지.

다른 몇몇 문관들 또한 우사와 비슷한 표정을 짓고 있었다.

그들 역시도 기술의 중요성을 아주 잘 알고 있다는 방증이었다.

'어쩌면 더 쉽게 흘러갈지도 모르겠는데?'

이윽고 고심을 마친 우사가 입을 열었다.

"기술을 주겠다면 받을 생각은 있다. 인간들이 먼저 발견했을 뿐, 모든 지식은 고귀한 법이니."

지식은 고귀하다라······.

참으로 문관다운 말이었다. 그렇게 약간은 흥분한 모습을 보이던 우사가 말을 이어 갔다.

"굳이 주는 선물을 마다할 필요는 없겠지. 인간과 우리 목령인들의 친목 도모를 위해 기술을 제공하고 싶다면 그렇게 하라."

간절함을 숨기며 대수롭지 않게 말하고 있었으나 속이 훤히 보였다. 이것을 잘 이용해야만 한다. 나는 잠시 뜸을 들이며 손가락으로 책상을 두드렸다.

"흠, 아닙니다. 이미 거래가 끝난 마당에 제가 괜한 소리를 했군요. 협상은 이만 마무리 짓도록 하죠. 오늘 이야기한 것은 약속대로 이행하도록 하겠습니다."

난 빠르게 서류들을 정리했다. 그러자 여태껏 침착함을 유지해 오던 우사의 표정이 빠르게 일그러졌다.

"지금 나랑 장난치는 것이냐!"

"감히 그러겠습니까?"

나는 못 이기는 척 자리에 앉으며 말했다.

"인간과 목령인의 관계가 좋지 않음은 저 또한 잘 알고 있습니다. 물론 제가 살아 있는 동안은 좋은 관계를 유지할 것입니다. 하지만 제 다음 세대가 당신들을 배신하지 않으리라는 보장이 없죠."

나의 말에 우사는 고개를 끄덕였다.

"그래, 너희 인간들의 습성이 그러하다는 건 잘 알고 있시."

"그래서 목령인분들이 훗날에도 자급자족할 수 있도록 농업과 야금 기술을 선물해 드릴까 생각했었습니다만, 저 또한 재신(宰臣)의 위치에 있는 자로서 함부로 약조할 수 없어 말을 멈추었습니다."

한마디로 나는 주고 싶은데 현실적으로 왕이 주지 않을 거라는 뜻이었다.

내 말에 집정관은 고민에 빠졌다.

탐나겠지. 지금까지 그가 보여 준 모습을 생각한다면 이번 기회를 절대로 놓치지 않으려 들 것이었다.

"그렇군. 만약 동맹의 조건에 인간들의 기술까지 넣는다면……."

그렇게 중얼거리던 우사는 작게 한숨을 내쉬었다. 그도 아는 것이다. 내가 바보가 아닌 이상 이미 끝난 협상에 기술을 더해 줄 리가 없다는 것을.

그렇게 고심하던 우사가 입을 열었다.

"만약 우리가 더 많은 고수를 제공한다면 인간들의 기술을 넘겨줄 의향이 있나?"

"하아."

나는 작게 한숨을 내쉬며 고민하는 척했다. 대답은 정해져 있지만 우사를 더 초조하게 만들기 위함이었다.

그렇게 한참 동안 시간을 끌던 나는 힘겨운 척 입을 열었다.

"전쟁 중이기에 고수의 가치가 매우 높은 것은 사실임은 분명합니다. 하지만 나라의 국보와 같은 농업과 야금 기술에 비할 수는 없겠죠."

"그럼 원하는 걸 말해 보게."

"국보에 준하는 무언가라면 충분히 국왕 전하를 설득할 수 있지 않겠습니까?"

"국보에 준하는 무언가……."

목령인에게 있어 국보에 준하는 무언가라면 하나뿐이다.

답은 정해져 있으니 대답만 해 주면 된다.

그렇게 고심하던 우사는 조심스럽게 입을 열었다.

"모두 나가 있거라. 이 인간과 단둘이 대화를 할 테니."

문관들이 머뭇거리자 우사가 버럭 외쳤다.

"내 말이 들리지 않느냐!"

"네, 집정관님."

문관들이 빠르게 나갔으나 유연은 그대로 내 뒤에 서 있었다. 우사는 그녀에게 또한 말했다.

"정찰대장도 잠시 나가 있도록."

"저는 이 인간을 감시해야 하는 의무가 있습니다."

"집정관으로서의 명령이다."

"……그렇다면 바로 앞에 있겠습니다."

그렇게 유연마저 떠나며 단둘이 남게 되었음에도 우사는 한동안 뜸을 들였다.

하지만 이윽고 조심스럽게 입을 열었다.

"혹 생원과라는 것을 아는가?"

생원과라는 말에 심장이 미친 듯이 뛰기 시작했다.

'드디어!'

미끼를 물었다.

이 앞의 모든 대화는 지금 이 순간을 위한 것이었다.

이제 조금만, 한 걸음만 더 간다면 스승님을 살릴 수 있다.

하지만 나는 감정을 억누르고 태연함을 연기했다.

끝까지 갑의 위치를 점하기 위해서는 결코 욕망을 드러내서는 안 된다.

"그것이 무엇입니까?"

우사는 진지한 얼굴로 말했다.

"우리의 신, 생명수의 선물이다. 그 무엇과도 바꿀 수 없는 소중한 것이지."

목령인들에게 있어 생원과란 신이 내려 주는 성물(聖物)이나 다름없었다.

그것을 열등한 인간에게 준다는 건 있을 수 없는 일.

그렇기에 우사의 입술이 떨리고 있었다.

그 역시 망설이고 있는 것이었다.

하지만 기다려야 한다.

그가 먼저 제안할 때까지 모르는 척. 관심 없는 척 참아야만 한다.

그렇게 길고 길었던 침묵이 지나가고 우사가 입을 열었다.

"생원과 하나와 인간의 기술을 바꾸도록 하지."

그리고는 마음을 다잡은 듯 나에게 물었다.

"받아들이겠는가?"

길고 길었던 협상의 끝이 보이고 있었다.

그러나 답을 구하는 우사의 물음에도 나는 일부러 뜸을 들였다.

서두르지 말자. 앞서 생원과에 대해 모르는 척을 했으니 넙죽 받아들이기보다는 질문을 던지는 모양새가 더욱 자연스러울 것이다.

"신의 선물이라면 확실히 국보급 가치가 있는 물건이겠군요. 하지만 그것이 우리 인간에게 어떤 가치가 있겠습니까?"

"말하지 않았더냐. 신의 선물이라고."

우사는 진지한 얼굴로 말했다.

"생원과는 만병통치약이다."

"영약 같은 것입니까?"

"영약 따위와는 비교할 수 없지. 사지가 잘린 자가 먹으면 새살이 돋아나며 나이가 들어 죽어 가는 사람도 젊은이처럼 새 삶을 얻게 된다."

그리고는 비장한 얼굴로 물었다.

"너희에게 그런 영약이 있는가?"

지금 그는 목령인들의 자랑에 대해 열변을 토하는 것이었다.

그렇다면 그에 걸맞은 반응은 해 줘야겠지.

나는 과장되지 않게, 그러면서도 매우 놀란 듯한 표정을 지었다.

"그런 것이 실제로 존재한다는 겁니까?"

우사는 고개를 끄덕였다.

마치 단 한 치의 거짓도 없다는 듯이.

이 정도면 슬슬 넘어가 줘도 괜찮겠지.

"집정관님께서 그렇게 말씀하실 정도라면, 그 신물의 가치는 의심할 여지가 없겠군요."

내 대답에 우사는 흡족한 듯 되물었다.

"어떤가? 이 정도면 만족하겠나?"

"좋습니다. 거래를 받아들이도록 하겠습니다."

생원과의 거래는 무사히 마무리되었다. 하지만 아직 중요한 안건이 하나 더 남아 있었다.

"그러나 생원과를 먼저 받아 가야겠습니다."

바로 생원과를 넘겨받는 시기를 정하는 일이었다.

"……그건 또 무슨 소리인가?"

우사가 불쾌한 듯 미간을 찌푸렸다.

"조건을 제대로 이행할지도 불분명한데 생원과를 먼저 지급하라? 자네는 내가 바보로 보이나? 그쪽에서 먼저 모든 조건을 이행한다면 그때 주도록 하지."

당연히 저렇게 나올 줄 알았다. 그러나 나 역시 물러날 생각은 없었다.

"그럴 수는 없습니다."

지금의 발언으로 자칫 거래가 깨질 수도 있었으나 나로서도 이건 양보할 수 없다.

약선님에게 남은 시간이 많지 않았기 때문이다. 그렇다고 간절함을 보여서도 안 된다.

인정에 호소하는 것은 하수나 하는 법.

나는 태연하게 말했다.

"저 또한 기술 공유를 위해 국왕 전하는 물론 대신들을 설득해야만 합니다. 아마도 이는 힘든 과정이 되겠지요. 왜 그런지는 굳이 설명드리지 않아도 잘 아실 것입니다."

집정관은 눈을 감으며 고개를 끄덕였다.

나랏일을 하다 보면 무조건 반대부터 하고 보는 이들이 존재하기 마련이었다.

바로 정치적으로 반대편에 서 있는 자들이다.

그것은 목령인이라고 다르지 않을 터.

더군다나 목령인들의 정치 체계는 삼권 분립의 형태를 띠고 있기에 알게 모르게 부딪침이 있을 것이다.

그러니 내 말이 와닿을 수밖에 없겠지.

씁쓸한 우사의 얼굴에서 동변상련의 유대감을 쌓았다고 판단한 나는 빠르게 말을 이어 갔다.

"50만 평의 농지, 수많은 자원, 거기다 기술까지 주면서 목령인들의 협력을 받아야 하냐고 묻는 멍청이들이 많을 겁니다. 그렇기에 그들을 납득시킬 상징이 필요합니다."

반대하는 대신들의 논리는 안 봐도 뻔하다. 수많은 것을 내주는 것에 비해 얻는 것의 가치가 낮다고 우기겠지.

거기다 인간들을 불신하는 목령인들이 우리의 기술을 가지게 되는 순간 복수를 계획할 수도 있다고 주장할 것이 뻔했다.

그러나 생원과를 가지고 간다면 그 모든 의견을 단번에 묵살시킬 수 있다.

목령인들 또한 인간과의 동맹에 진지하다는 것을 나타내는 증거였으니 말이다.

목령인들의 신이라고 할 수 있는 생명수.

그것이 백 년에 한 번 맺는 생원과.

이를 내주는 것보다 더 확실한 친밀의 표현은 없을 것이다.

"생원과를 보인다면 그 누구도 목령인과 인간의 동맹을 의심하지 못할 것입니다. 국왕 전하 또한 대신들의 반대 없이 편하게 기술 공유를 결정하실 수 있을 겁니다."

우사는 고민에 빠졌다.

그리고는 이해한다는 듯 고개를 끄덕였다.

"이해가 안 되는 것은 아니군. 하지만 그대가 생원과를 얻은 뒤에도 약속을 이행하리라는 보장이 없지 않은가?"

그래, 그 부분이 마음에 걸리겠지. 무슨 거래든 먼저 물건을 건네는 쪽이 위험을 감수하는 것은 사실이니 말이다.

우사의 반응은 이미 예상하였고 내 대응도 정해져 있다.

"그렇다면 추가 거래는 없었던 것으로 하시죠."

우사의 눈썹이 꿈틀거렸다.

"이제 와서 그러는 게 어디 있는가?"

"저에게 있어서는 목령인들과의 동맹이 최우선입니다."

당연히 거짓말이다.

목령인들과의 동맹도 중요하지만 굳이 우선순위를 따지자
면 약선님을 위한 생원과가 더 위에 있었다.

그러나 우사를 구석으로 몰아넣어 스스로 생원과를 건네
주게끔 만들기 위해서는 더욱 대범해야 한다.

"괜히 다른 협정을 맺으려다 동맹 건까지 깨지는 것은 막
고 싶습니다. 아쉽지만 생원과와 기술의 거래는 훗날로 기약
하고 일단 협의가 완료된 내용부터 진행하시죠."

말을 끝낸 나는 탁자 밑에서 주먹을 쥐었다.

'제발, 제발.'

물어라. 집행관.

생각이 깊은 사람이다. 이는 분명한 장점이지만, 궁지에
몰렸을 땐 오히려 불리한 결과를 이끌어 낼 수 있다.

그렇게 시간이 지나자 우사가 고개를 끄덕였다.

"알았다. 너의 뜻이 그렇다면 생원과를 먼저 지급해 줄 수
있을지 제사장님과 의논해 보고 답을 주도록 하마."

"……!"

됐다.

하지만 끝날 때까지 방심할 수는 없다.

나는 최대한 담담하게 말했다.

"이해해 주서서 감사합니다."

"감사는 무슨. 아직 결정된 것은 아무것도 없다."

우사의 말대로 제사장이 거절할 가능성도 충분히 있다.

그러나 언뜻 보기에도 대장군보다는 제사장이 인간에게 더 호의적으로 보였으니 이번 일도 잘 풀릴 가능성이 높다.

게다가 내가 동맹을 중요시 여기며 장기적인 교류까지 염두에 두고 있다는 걸 집정관에게 말했으니 절대 생원과만 취하고 나 몰라라 할 리 없다는 식으로 대변해 줄 것이었다.

그때 우사가 나에게로 몸을 기울이며 말했다.

"대신 이 사실을 그 누구에게도 밝혀서는 안 되네. 옆에 있는 유연은 물론 그 어떤 목령인에게도 말이야. 내 말 알아들었나?"

나는 그의 말뜻을 바로 이해할 수 있었다.

생명수의 자식이라고 할 수 있는 생원과를 그토록 혐오하는 인간에게 주는 것이다.

이것이 만약 알려진다면 우사는 일종의 민족 반역자 취급을 받겠지.

물론 언젠가는 밝혀질 수밖에 없지만 우사는 그 시기를 최대한 늦추려는 것이다.

'지원을 받아 삶이 눈에 띄게 나아지고 나면 설령 생원과를 인간에게 준 사실이 알려지더라도 자기 세력을 만들 수 있겠지.'

그때가 되면 변화된 삶에 만족하는 목령인들이 우사를 옹호해 줄 것이니 말이다.

그렇게 생각을 마친 나는 고개를 끄덕였다.

"알겠습니다. 최대한 비밀리에 일을 진행해 보도록 하죠."

그 말과 동시에 나는 자리에서 일어나며 손을 내밀었다.

"그럼 좋은 소식 기다리고 있겠습니다."

이에 우사는 콧방귀를 뀌며 몸을 획 돌렸다.

아직 악수할 정도의 친분은 아닌 모양이다.

나는 머쓱해진 손으로 머리를 쓸어 올리며 우사의 뒤를 따랐다.

◆ ◈ ◆

'무슨 대화를 했지?'

저택으로 돌아온 유연은 멀찌감치에서 이서하를 바라봤다.

'바로 밖에서 들을 생각이었지만…….'

문관들이 엿듣는 건 결코 안 된다며 끌고 가는 통에 그 무엇 하나 들을 수가 없었다.

'인간의 기술을 위해 집정관은 무엇을 제시했을까?'

당장 머릿속에 떠오르는 것은 없었다.

인간들이 탐낼 만하면서 그 가치가 국보와 맞먹는 것.

그런 것이 있던가?

그렇게 생각할 때였다.

"유연 대장님."

목령인 무사가 유연을 찾아왔다.

"대장군님께서 찾으십니다."

유연은 기다렸다는 듯이 고개를 끄덕였다.

"어디서 보자고 하시더냐?"

"지금은 병영에 계십니다."

"곧장 가도록 하지."

유연은 바로 저택을 떠나 병영으로 향했다.

그렇게 도착한 곳에서는 무사들의 훈련이 한창이었다.

유연은 이를 단상 위에서 지켜보고 있는 대장군에게로 향했다.

"부르셨습니까?"

"왔나? 안으로 들어가지."

묵묵히 회의실 안으로 들어간 대장군은 의자에 앉음과 동시에 입을 열었다.

"유연 대장도 협상 자리에 동석했나?"

"네, 그렇습니다."

"어땠던가? 협상에서 불리한 측면은 없었나?"

"대장군님도 함께 의논하신 게 아닙니까?"

"문관들의 소관이었으니 나는 알 수 없지. 그래서 확인하는 것이다."

"불리한 측면은 없었습니다."

유연은 자신이 들은 협상 내용을 자세하게 보고했다.

앞으로 10년은 아쉬움 없이 살 만큼의 자원은 물론 농사를 지을 땅 50만 평까지.

보고를 들은 대장군은 만족한 듯 고개를 끄덕였다.

"집정관 그놈이 많은 것을 얻어 내긴 했군. 땅까지 받아 내고,"

하지만 표정은 좋지 않다.

"물론 그것도 인간이 약속을 지킬 때의 이야기지."

"인간 쪽에서 약속한 자원을 먼저 보내면 그때 무사들을 파견하는 것으로 협상이 되었습니다. 그러니 걱정하실 필요가……."

"나는 땅을 말하는 것이다."

대장군은 한숨을 내쉬었다.

"나찰과의 전쟁이 끝나면 십중팔구 그 땅을 다시 뺏어 가겠지. 그것이 인간의 방식이니까. 그래서 나는 인간을 도울 다섯 고수 중 하나로 유연 대장을 보낼 생각이다."

"저를 말입니까?"

"왜? 인간을 좋아하지 않았었나?"

대장군의 말에 유연은 표정을 굳혔다.

하지만 풍백은 신경 쓰지 않고 말을 이어 갔다.

"또 다른 대화는 없었나?"

"추가 협상이 있었으나 저는 듣지 못했습니다."

"못 들었다? 자세히 얘기해 보도록."

유연은 이서하가 인간들의 기술에 관해 이야기한 것, 그리고 그것에 집정관이 큰 흥미를 느낀 것 등을 이야기했다.

"이서하는 기술의 가치가 국보와 같다며 그에 준하는 것을 요구했습니다. 하지만 집정관이 무엇을 제시했는지까지는 들을 수 없었습니다."

유연의 말이 끝나는 순간 대장군은 정색하며 조금 전 있었던 나찰과의 대화를 떠올렸다.

병영을 습격한 나찰은 이렇게 말했었다.

"이서하가 그대들의 보물을 노리고 있소."

"보물이라면?"

"생원과라는 것을 말이오."

생원과.

그 말에 대장군은 콧방귀를 뀌었다.

"하, 놈은 그것이 어디 있는지도 모르는데 어찌 노린다는 말인가?"

"그거야 곧 알게 되지 않겠소? 나는 그저 경고를 전하러 왔을 뿐이오. 그리고 만약 내 말이 사실로 밝혀진다면 그때는 나를 부르시오."

"어찌 부른단 말인가?"

"허공에 도와 달라고 말하시오. 그럼 바로 찾아오겠소."

두 나찰은 그렇게 사라졌다.

그때까지만 하더라도 대장군은 나찰의 말을 곧이곧대로 믿지 않았다.

나찰 역시 인간만큼 믿을 수 없는 존재.

중간에 낀 자신을 이용해 인간을 공격하려는 속셈일 수 있었으니 말이다.

그러나 유연의 말을 듣고 난 뒤에는 생각이 바뀌었다.

엡실론. 그 나찰이 한 말이 맞았다.

'사실이었구나.'

그 가치가 국보와 같은 것.

목령인들에게 있어 그러한 것은 오직 하나뿐이 아니던가.

집정관이 무엇을 제시했을지 알아차린 대장군은 분노를 이기지 못하고 중얼거렸다.

"이 미친놈이……."

"예상 가는 것이 있으십니까?"

"생원과다."

그 말에 유연은 자신의 귀를 의심했다.

생원과. 그것은 신의 선물이라고도 불리는 목령인들의 보물이었다.

'확실히 생원과라면 국보와 같지만…….'

인간은커녕 일반 목령인들에게도 거의 공개되지 않는 물건인 만큼 그것을 거래하려 할 것이라고는 상상하지 못한 것이었다.

"그것이 사실입니까?"

"아직은 예상일 뿐이다. 하지만 그럴 가능성이 높지."

"그건 말이 되지 않습니다. 제사장님께선 결코 허락하지 않으실 것입니다."

"아니, 허락할 것이다."

대장군은 제사장이 했던 말을 다시금 떠올렸다.

- 생명수는 우리가 인간과 공존하기를 바라는 듯합니다.

'그렇다면 생원과를 넘겨주는 건 일도 아니다.'

그것 또한 생명수의 의지에 포함되는 것이니 말이다.

그러나 아무리 생명수의 뜻이 그렇다고 하더라도 대장군
은 이를 용납할 수 없었다.

"유연 대장. 너에게 특별 임무를 내리겠다."

"네, 대장군님."

"지금부터 이서하를 잘 감시하도록. 만약 그가 정말로 집
정관으로부터 생원과를 받는다면⋯⋯."

대장군은 비장한 눈빛으로 말을 끝냈다.

"그 자리에서 집정관과 이서하를 죽여라."

대장군과 대화를 끝낸 유연은 무거운 발걸음으로 병영을
나섰다.

생원과.

생명수라는 신의 과실. 그것은 거래 대상으로 삼을 수 없는, 목령인들의 자존심 그 자체였다.

이를 누구보다 잘 알고 있는 이가 바로 집정관이다.

때문에 그가 생원과를 인간에게 넘긴다는 건 상상하기 어려운 일이었다.

그런데 만에 하나라도 대장군의 예상대로 그런 일이 실제로 벌어진다면…….

'나는 이서하를 죽여야 하는가?'

이전이었다면 한 치의 고민 없이 이행했을 일이다.

하지만 지금은 그럴 수 없었다.

유연은 저택으로 돌아가는 길에 평범한 목령인들의 삶을 바라봤다. 겨울이 다가오고 있음에도 장작을 쌓아 놓은 이들이 없다.

게다가 몸에 걸친 가죽옷은 더 이상 방한의 기능을 기대할 수 없을 만큼 오래돼 해져 있었다.

그뿐인가.

매년 수확량이 적어져 이제는 진짜 먹고사는 것을 걱정해야 하는 처지에 이르렀다.

그런 절체절명의 위기 가운데 나타난 이가 바로 이서하다.

'이서하는 단순한 인간이 아니야.'

도태된 호현에 찾아온 기회이며, 멸망으로 치닫던 목령인들에게 내밀어진 구원의 손길이었다.

'협상의 내용대로라면 우리의 삶을 바꾸기에 충분해.'

이서하가 지원할 자원들과 넓은 농지. 거기에 인간의 기술들까지 자리를 잡는다면 더 이상 의식주를 걱정하지 않으며 살 수 있다.

'생원과 하나로 모두의 삶이 나아진다면……..'

괜찮은 거래가 아닐까?

그러나 뒤이어 인간을 향한 불신이 고개를 쳐들었다.

아무리 좋게 보여도 태생이 인간이다.

그 또한 언제 배신할지 모를 불완전한 존재였다.

그렇게 선뜻 결정을 내리지 못한 채 걷다 보니 어느덧 목적지인 저택에 도착해 있었다.

저택 마당에서는 이서하가 아무런 일도 없다는 듯 동료들과 두런두런 대화를 나누고 있었다.

유연은 그런 이서하를 바라보며 생각에 잠겼다.

'나는 어떻게 해야 하는가?'

그때 시선을 느낀 이서하가 유연을 돌아보며 미소를 지었다.

유연은 고개를 끄덕이며 한숨을 내쉬었다.

'판단하지 마라.'

군인은 옳고 그름을 판단하지 않는다.

단순히 명령을 따를 뿐.

그뿐이었다.

생명수의 가지들로 만들어진 원형 신전. 그 안에서 기도를 올리던 제사장이 감았던 눈을 떴다.

그와 동시에 집정관 우사가 안으로 들어왔다.

"실례하겠습니다. 제사장님."

제사장은 미소와 함께 고개를 돌렸다.

"오셨습니까? 기다리고 있었습니다."

"네?"

마치 자신이 찾아올 것을 알고 있었다는 듯한 제사장의 말에 우사는 의문을 표했다.

그러나 우사가 무어라 반문하기도 전에 제사장이 다가와 비단으로 싸인 무언가를 건넸다.

우사는 당황해하며 물었다.

"이게 무엇입니까?"

"확인해 보시면 알 수 있을 겁니다."

우사는 긴장한 얼굴로 천천히 비단을 펼쳐 보았다.

"이것은……!"

집정관 우사는 손을 벌벌 떨며 비단 안의 물건을 바라봤다.

비단에 쌓여 있던 것은 완벽한 구 형태를 지닌 붉은 과실이었다.

제사장은 놀란 우사에게 미소를 지어 보이며 말했다.

"맞습니다. 생원과입니다."

예상치 못한 상황에 우사는 멍하니 제사장을 바라볼 뿐이었다.

어떻게 하면 제사장을 설득할 수 있을지 마지막의 마지막까지 고심했다. 그런데 이리도 쉽게 생원과를 건네줄 줄이야. 아니, 애초에……

"제가 생원과를 받으러 올 것을 알고 계셨던 겁니까?"

"이서하라는 인간과 집정관님이 협의한 내용은 생명수가 말해 주어 알고 있었습니다. 그렇기에 준비를 해 두었죠."

이에 오히려 불안해진 우사가 되물었다.

"정말로 괜찮습니까?"

제사장은 미소와 함께 생명수로 시선을 돌렸다.

"물론 괜찮고말고요. 그 수가 적긴 하나 생원과는 100년에 한 번 꼭 열립니다. 인간들에게 이것을 주더라도 100년 뒤에 또 하나가 열리겠지요. 그리고 무엇보다 이 땅에는 생원과가 무려 3개나 있습니다. 이 중 하나를 인간들에게 주어 수백의 삶을 윤택하게 만들 수 있다면 그 또한 생명수의 은혜라 볼 수 있지 않겠습니까?"

집정관은 격하게 고개를 끄덕였다. 그 행동엔 동의의 의미도 담겨 있었지만, 그간 품어 왔던 불안감의 종식에 대한 기쁨도 함께였다.

제사장의 말이 자신의 생각과 일맥상통한다는 것은 생명

수의 뜻도 그러하다는 것.

내심 신의 과실을 인간에게 건네는 것에 작게나마 불안감을 품고 있었는데, 이제야 안도할 수 있었던 것이다.

하지만 기뻐하는 것도 잠시.

아직 일이 끝난 것은 아니었다.

우사는 생원과를 다시금 비단으로 감싼 뒤 품에 숨겼다.

"그럼 저는 생명수의 뜻대로 인간과 동맹을 위해 최선을 다하도록 하겠습니다."

"그러시지요. 집정관님."

그렇게 몸을 돌리던 우사는 문득 무언가 떠올라 멈춰 섰다.

"아, 그리고 대장군에게는……."

"훗날 말하도록 하죠."

대장군이 날뛰어 이번 거래가 망가지는 건 막고 싶은 우사였다.

"감사합니다. 제사장님. 그럼 가 보겠습니다."

우사는 가벼운 발걸음으로 신전을 떠났다.

홀로 남은 제사장은 미소를 띤 채 우사를 바라보다 표정을 굳혔다.

"이러면 된 겁니까?"

마치 물음에 대답이라도 하는 듯, 생명수의 가지가 바람에 흔들리며 시원한 소리를 내었다.

제사장은 씁쓸하게 생명수를 올려다보며 중얼거렸다.

"모든 것은 정해진 운명대로라……."

모든 것은 하늘이 원하는 대로 흘러가기 마련이었다.

◆ ◈ ◆

늦은 저녁.

유연은 저택 밖에서 이서하의 방을 뚫어져라 응시하고 있었다.

대장군의 명에 따라 이서하의 움직임을 한순간도 놓치지 않기 위함이었다.

그러나 이서하는 어디로도 이동하지 않았다.

불빛에 비친 그림자를 통해 그가 방 안에 틀어 박혀 있다는 것은 확실했으니 말이다.

'오늘은 아닌가?'

대장군은 당장이라도 집정관과 이서하가 거래할 것이라고 확신하고 있었다.

그러나 적어도 오늘은 날이 아닌 듯싶었다.

'하긴, 아무리 집정관이 급하더라도 하루 만에 모든 것을 진행하기는 힘들겠지.'

더군다나 생원과다.

집정관도 아직 망설이는 것이 아닐까?

모든 일에는 과반의 동의가 필요한 정치 구조상 제사장의 동의도 구해야 할 테니 하루 정도는 걸릴 수밖에 없을 것이다.

그렇게 생각할 때였다.

팡! 하고 시위를 놓는 소리가 들려왔다.

유연은 소리를 따라 궁도장 쪽으로 시선을 돌렸다.

'누구지?'

자시(오후 11시)에 가까워지는 시간이었다. 이 야심한 밤에 누가 훈련을 하는 것일까?

여울인가?

'아니, 그럴 리가 없지.'

유연은 게으른 제자를 떠올리며 피식 웃고는 다시금 생각에 잠겼다.

'그렇다면……'

지금 이 순간에도 시위를 당기는 소리는 계속되었다.

'가 볼까?'

유연은 다시금 움직임이 없는 이서하를 확인한 뒤 어깨를 으쓱했다.

궁도장을 확인하는 정도는 괜찮겠지.

그렇게 스스로를 납득시킨 유연은 빠르게 궁도장으로 발을 옮겼다.

"호오."

궁도장에서 수련하는 이의 정체는 여시나 민주였다.

"꽤 늦은 시각까지 열심히군."

유연이 말을 걸자 민주가 화들짝 놀라며 고개를 돌렸다.

"아! 스승님!"

민주는 민망하게 웃었다.

"달이 밝아 보여 한번 나와 봤어요."

"밤에 수련하는 것도 중요하지. 적이 낮에만 공격해 온다는 보장은 없으니 말이다."

어두워졌다고 목표물을 정확하게 분간할 수 없다면 반쪽짜리 궁사가 되는 셈이니 말이다.

"여울이가 네 성실함의 절반이라도 따라갔으면 좋겠구나."

"하하하……."

민주는 어색하게 웃어 보이고는 말했다.

"저기, 스승님. 실례가 되지 않는다면 한 가지 물어봐도 될까요?"

"제자가 스승에게 도움을 구하는 것은 당연한 일이다. 말해 보아라."

"스승님께서 말씀하신 파괴력에 관한 것인데요. 혼자 한번 연습해 보긴 했는데, 결과가 좋지 않아서요."

"방법을 모르기 때문이다. 천리사궁의 후반부를 익히지 못한 모양이구나."

"후반부요?"

민주가 큰 눈을 깜빡이자 유연이 피식 웃었다.

'이서하가 천리사궁의 모든 것을 아는 건 아닌 모양이군.'

애초에 천리사궁을 완벽하게 알고 있는 것부터 말이 안 되는 일이었다.

그렇게 때아닌 교육이 시작되었다.

"천리사궁의 저격은……."

그때였다.

친절하게 설명을 이어 가던 유연이 한순간 입을 다물었다.

문득 이서하를 너무 오랫동안 방치한 것이 아닌가 하는 불안감이 엄습해 왔다.

자신의 실수를 깨달은 유연이 민주에게 손을 들어 보이며 말했다.

"잠깐만 기다리거라."

빠르게 이서하의 방이 보이는 장소에 도착한 유연은 안도의 한숨을 내쉬었다.

방 안의 그림자는 전과 다를 바 없이 같은 자리에 자리하고 있었다.

'기분 탓이었나?'

역시 처음 예상대로 오늘은 움직이지 않는 듯싶었다.

그렇게 민주에게 돌아가려 할 때였다.

"……."

알 수 없는 이질감이 그녀의 발걸음을 가로막았다.

유연의 시선이 다시금 방 안의 그림자로 향했다.

키도 비슷하고, 두상도 큰 차이가 없다.

하지만 극도로 미세한 차이가 느껴졌다.

'뭐지?'

단순한 위화감일까?

아니다. 천리사궁을 익힌 자신의 눈에 미묘함이 발견됐다면 더 이상 간단하게 치부해선 안 됐다.

또한 이서하를 감시하는 것이 정식 임무인 만큼 대수롭지 않게 넘어갈 수도 없었다.

'확인해 보면 될 일이다.'

그녀는 망설임 없이 이서하의 방문을 열어젖혔다.

그리고 그곳에는…….

"깜짝아!"

정이준이 앉아 있었다. 놀란 것은 유연도 마찬가지였다. 그녀는 싸늘한 살기와 함께 말했다.

"……넌 뭐냐?"

정이준은 당황한 듯 눈동자를 굴리다 꺼벙하게 대답했다.

"정이준입니다. 끙!"

이상한 추임새와 함께 귀여운 척을 하는 정이준. 하지만 유연은 전혀 반응을 보이지 않았고 그는 바로 고개를 숙였다.

"죄송합니다."

"이서하는 어딨지?"

"저랑 방을 바꿨습니다. 저기 제 방 쪽에 있을 겁니다."

"그 말이 사실이어야 할 거다. 아니면 네 목숨은 없을 테니까."

정이준은 침을 꼴깍 삼키고는 바로 항복했다.

"죄송합니다. 거짓말이었습니다."

"……."

유연이 살기 어린 눈빛으로 바라보자 정이준이 그녀에게 다가서며 말했다.

"제가 말했다고 하시면 안 됩니다."

그리고는 눈치를 보며 뜸을 들이더니 그녀의 귀에 대고 속삭였다.

"화장실 가셨습니다."

그러자 유연이 정이준의 멱살을 잡아 끌어당겼다.

"장난치면 죽여 버린다고 했을 텐데?"

"정말입니다. 저한테는 화장실 다녀올 테니 잠시 여기 있으라고 했다고요. 저도 피해자입니다. 피해자."

정이준이 발악하자 유연은 그를 밀어 내동댕이쳤다.

"쯧."

결과적으로는 멍청한 놈에게 속아 또 시간을 허비해 버렸다.

'언제 바꿔치기한 거지?'

분명 민주를 보러 가기 전까지 이서하는 방에 있었다. 그렇다면 이 저택을 빠져나간 지 얼마 되지 않았을 터.

그렇게 판단한 유연은 재빨리 높은 나무 위로 올라갔다.

호현이 훤히 내려다보이는 나무 위.

유연은 온 신경을 시각에 집중했다.

그녀의 눈이 초록색으로 빛남과 동시에 시야에서 모든 어둠이 사라졌다.

'이서하, 이서하, 이서하.'

이윽고 유연의 눈에 이서하가 포착되었다.

나름 몸을 숨기며 은밀히 움직이고 있었으나 궁신의 시야에서 벗어날 수는 없었다.

그렇게 이서하의 움직임을 멀리서 감시하기를 한참.

그가 누군가와 접촉하는 것이 유연의 눈에 포착되었다.

'집정관.'

멀리서도 그의 메기수염이 확실하게 보였다.

유연은 곧장 활을 빼 든 뒤 시위를 당겼다.

'아무것도 건네지 마라.'

그녀도 속으로는 이 동맹이 체결되기를 원하고 있었다.

그렇기에 대장군의 예측이 빗나가기를 내심 바랐다.

그러나 그녀의 바람을 저버리듯 집정관은 이서하에게 무언가를 건넸다.

비단에 싸여 있어 물건의 정체를 알 수는 없었으나 정황상 생원과임이 확실했다.

"……망할."

유연은 눈을 질끈 감았다.

쏘아야 한다. 그러나 그 짧은 순간 지금까지 해 온 고민들이 그녀의 행동을 막았다.

그 탓에 찰나의 틈이 만들어졌고, 누군가 그 틈을 노리고 그녀에게 달려들었다.

이에 유연은 본능적으로 활을 틀며 시위를 놓았다.

핑! 하는 소리와 함께 화살은 복면을 쓴 괴인에게 날아갔다.

괴인은 몸을 틀며 화살을 피한 뒤 유연을 향해 검을 내려쳤다.

"……!"

유연은 검을 피하며 나무에서 뛰어내렸다.

'누구지?'

이서하의 동료 중 하나? 아니면 집정관이 보낸 암살자? 그것도 아니라면 제3의 세력?

그렇게 고민하던 유연은 잡념을 털어 냈다.

어느 쪽이든 죽여서 확인하면 된다.

유연은 괴한을 향해 빠르게 여섯 발의 화살을 날렸다.

괴한은 첫 번째 화살을 검으로 튕겨 내고 나머지 화살은 전부 피하며 유연의 앞까지 돌진해 왔다.

유연은 무표정하게 괴한의 공격을 피하며 인상을 찌푸렸다.

'살기가 없다?'

일부러 숨기는 것이 아니라 정말로 공격 하나하나에 살기가 없었다.

'지금 뭐 하자는 거지?'

살기가 없다는 것은 둘 중 하나였다.

자신을 죽일 의도가 없거나, 아니면 죽이지 않고도 제압할 수 있다고 생각했거나.

어느 쪽이든 유연은 마음에 들지 않았다.

'얕봐도 정도가 있지.'

상대는 자신의 우습게 본 오만함의 대가를 치를 것이었다.

'한번 경로를 설정하고 날린 화살은 되돌릴 수 없는 법.'

괴한의 운명은 이미 정해져 있었다.

그 순간 괴한의 머리를 향해 화살 하나가 날아들었고 괴한은 몸을 틀며 피했다.

기이한 움직임.

그러나 또 다른 화살이 괴한이 몸을 피한 곳을 향해 날아들고 있었다.

모든 것은 유연이 예측한 대로였다.

"크읔!"

이번에도 괴한은 말도 안 되는 움직임을 보이며 화살을 피해 냈다.

그러나 이 또한 유연의 예측 범위 안.

또 다른 화살이 괴한의 머리를 노리고 날아들었다.

'피할 수 없다면 쳐 내겠지.'

유연의 예상대로 괴한은 그 화살을 쳐 냈다. 그러나 바로 뒤로 또 다른 화살이 겹쳐 오고 있었다.

'하지만 그 또한 쳐 낼 것.'

괴한은 각 손에 검을 한 자루씩 들고 있었으니 말이다.

유연의 예상은 이번에도 적중했다.

그렇기에 그녀는 회심의 미소를 머금을 수 있었다.

그녀가 날린 화살은 총 여섯 발.

겹쳐서 날아오던 화살은 두 발이 끝이 아니었다.

아직 최후의 한 발이 남아 있던 것이었다.

"……!"

유연은 차갑게 괴한을 바라봤다.

'이제 어떻게 할 것이냐?'

자세는 무너졌다.

쳐 낼 방법도, 피할 방법도 없다.

적의 움직임을 예상하고 필사(必死)의 경로를 설정한다.

그것이 바로 천리사궁의 근접전이었다.

'끝났다.'

유연이 그리 확신할 때.

그녀가 걸고 있던 목걸이 중 하나가 진동하기 시작했다.

"……!"

유연이 목걸이를 내려다보는 순간 괴한의 눈이 초록색으로 빛나기 시작했다.

직후 마치 시공간이 뒤틀리는 듯한 기이한 현상이 일어나며 화살이 목적을 이루지 못하고 날아갔고, 괴한은 유연의 목에 칼을 들이댔다.

"하아, 하아."

지근거리에서 흘러나온 괴한의 거친 숨결이 유연의 피부에 닿았다.

자신의 승리엔 한 점의 의심도 없었던 상황.

전혀 예상치 못한 패배였다.

그러나 그보다도 유연을 당혹스럽게 만드는 건 따로 있었다.

눈앞의 괴한에게 목걸이가 반응했다는 것.

유연은 충혈된 눈으로 괴한을 바라봤다.

"너……."

생명수가 목령인들에게 선물해 주는 흑철은 오직 주인에게만 반응한다.

현재 유연이 차고 있는 두 개의 목걸이 또한 그랬다.

그중 하나는 자신의 것이고, 나머지 하나는 미처 주인에게 전해 주지 못해 보관만 하고 있던 것이었다.

그리고 그 목걸이의 주인은…….

"……도대체 누구야?"

바로 유연의 아들이었다.

〈16권에 계속〉

슬기로운 회귀생활

은반지 현대판타지 장편소설

MORDERN FANTASY STORY

가문의 이익을 위해 길러진 개, 황재헌.
당연하게도 그 인생의 끝은 토사구팽이었다.
철저히 이용만 당하다 버려진 그날,
세상은 그에게 또 한 번의 기회를 주었다.

[기반된 운명(運命)의 수레바퀴에 의해 뒤틀립니다.]

눈앞에 보이는 광경은 10여 년 전 머물던 방 안.
F급 각성으로 찬밥 신세를 면치 못했던 20살 때였다.

'이건…… 그냥 나잖아?'

그런데 SSS급 헌터의 힘이 그대로다.

청루연 신무협 장편소설

뺑소니로 요절했던 죽음의 기억이 강렬한데,

'……내가 조휘?'

다 쓰러져 가는 조가철방의 차남이 되었다.
날아가는 새를 떨어뜨릴 권세도,
의지를 관철시킬 무력도 없다.
일가족을 몰살시킬 어마어마한 빚만 있을 뿐.

허나 그 누구도 경험하지 못했을
비장의 한 수가 남아 있으니.

"아버지, 조가철방을 물려주십시오."

문명의 이기를 총동원한 현대인의
중원무림 성공기가 지금 시작된다.